LE MANUSCRIT ASSASSINE

Édition : Books on Demand,
12/14 rond-Point des Champs-Élysées, 75008 Paris
Impression : BoD - Books on Demand, Norders-
tedt, Allemagne
ISBN : 9782322204694
Dépôt légal : février 2020

D'après une idée de Gérard Bourguignat, un suspense palpitant, déroutant, raconté par

Annie BERLINGEN

LE MANUSCRIT ASSASSINE

Suspense

Écrire pour partager

Prologue

Blotti au fond d'un grand parc arboré, le manoir de la famille de Mérieux somnolait encore sous le blanc manteau de la neige tombée dans la nuit. Une cloche de cristal semblait être suspendue au-dessus de l'habitation, étouffant tous les bruits, rendant l'air froid tranchant comme un poignard, ne laissant entendre par instant que le craquement des branches comme si les arbres se secouaient pour se libérer de leurs guirlandes glacées.

Une aube grise se levait dans le silence pesant de ce matin glacial de Novembre 1972. Le ciel commençait à pâlir au-dessus de la campagne alentour.

Soudain, une voix d'homme troubla le silence

-- Je veux que tu quittes sans attendre le Manoir, que tu t'éloignes le plus possible de ma maison, de ma famille, de ce village et que tu n'y reviennes jamais.

– Mais Monsieur, vous ne pouvez pas me demander une telle chose. Que vont devenir mes parents ? Ils sont vieux, ils n'ont que moi. Que vais-je leur dire ?

-- Tu ne diras rien, je m'en charge. Toi, tu prends le train de 6h 30. Voilà ton billet, dit-il en lui tendant une enveloppe. J'ai joint une somme d'argent qui te permettra de trouver un logement et un travail. Tu trouveras aussi l'adresse d'un ami qui t'hébergera quelque temps. Par la suite je te verserai une pension mensuelle pour t'aider les premiers temps. Maintenant disparais !

L'homme qui parlait ainsi d'un ton n'autorisant aucune objection, était le propriétaire des lieux, Charles-Edouard de Mérieux, notable connu et craint dans ce joli hameau de Bretagne. Grand, solide, c'était un bel homme dans la fleur de l'âge. Il s'adressait à une jeune fille d'une vingtaine d'années. Ils étaient tous les deux à l'arrière de la maison, sur le seuil de la cuisine. La jeune femme avait posé à ses pieds une petite valise contenant les quelques vêtements qu'elle possédait. Six mois plus tôt, elle avait été engagée comme lingère au « Manoir », c'était ainsi que les gens du coin nommaient l'imposante demeure.

-- Je vous en prie, Monsieur, laissez-moi vivre au village. Je vous promets de me taire. Personne ne saura jamais rien.

– C'est hors de question. Ma réputation serait compromise. Je ne veux pas prendre un tel risque pour une banale erreur.

D'une main ferme, il la poussa dans l'allée.

-- Tu dois être loin avant que tout le monde se réveille. Allez, déguerpis ou tu vas rater ton train.

Le ton se fit menaçant. L'homme parlait la voix sourde, les lèvres pincées.

Effrayée, la jeune fille baissa la tête, prit sa valise et lentement s'éloigna du Manoir. Dans l'allée principale, elle se retourna, posa à nouveau son bagage sur le sol. Des larmes se mirent à couler qu'elle essuya d'un revers de main rageur. Alors contemplant les lieux, le regard sombre et les mâchoires serrées, elle murmura :

« Un jour je reviendrai, Charles-Edouard de Mérieux, je vous en fais la promesse. Quels que soient les moyens que j'emploierai, je reviendrai. Vous me chassez comme une vulgaire fille des rues, craignez ma vengeance ! »

La neige recommençait à tomber effaçant ses pas. Elle disparut bientôt derrière un rideau de flocons doux comme une caresse mais glacés comme son cœur.

Les occupants du manoir dormaient encore. Ignorant tout du drame qui venait de se jouer, ils poursuivaient leurs rêves.

* * * *

1*

Jeudi 14 Mars 2019

Nathan Moal se hâtait sur le quai à la recherche de son wagon. Il lui fallait absolument quitter la ville ce matin. Perdu dans sa quête de la bonne voiture, il ne vit pas la jeune femme arrêtée devant lui et la percuta.

-- Pardon, dit-il ! Je m'excuse ! Et il reprit sa course en avant sans plus de façon

-- Quel grossier personnage, pensa Solenn ! A son tour, elle se remit à avancer. Pourquoi tant se presser, il reste suffisamment de temps pour monter à bord. Encore un qui ne doit pas avoir souvent recours à ce bon vieux chemin de fer.

Le train Brest-Paris n° 1548 roulait depuis une bonne heure déjà. Seule dans le compartiment, Solenn Le Bellec regardait sans vraiment le voir, le paysage qui défilait, brouillé par la pluie noyant la vitre. Elle avait, posé près d'elle, un livre qu'elle maintenait ouvert à la dernière page lue. Elle appréciait d'être dans ce qu'elle appelait un « vrai » train. Elle détestait le TGV, à cause de son roulis de droite et de gauche. L'ouverture de la porte donnant sur le couloir la fit sursauter.

Un homme d'une trentaine d'années pénétrait dans le compartiment et lui demandait l'autorisation de s'installer.

-- Comme on se retrouve, dit-il en reconnaissant celle qu'il avait bousculée sur le quai. Je vous prie de m'excuser pour ce petit accrochage et le comportement assez désinvolte qui a été le mien. Je craignais tellement de rater le départ.

-- Ne vous en faites pas. J'ai oublié l'incident même si je me suis fâchée sur l'instant.

-- Merci, vous êtes gentille, mais je ne voudrais pas déranger la solitude que vous semblez apprécier.

-- Qu'est-ce qui vous fait dire que je l'apprécie ?

-- Le fait qu'ayant un livre à la main, vous préférez admirer le paysage que vous offre cette vitre barbouillée de pluie. Pour ma part, je cherche un endroit calme pour travailler, c'est le seul compartiment qui ne soit pas complet.

La jeune femme esquissa un sourire, mais ne répondit pas. Elle reprit sa lecture. D'une sacoche en cuir noir, l'homme sortit un ordinateur portable qu'il posa sur ses genoux. Tenant le tout d'une main, il se releva légèrement et dit

– Je manque à la plus élémentaire des politesses. Permettez-moi de me présenter : Nathan Moal, généalogiste mais aussi journaliste à Ouest France.

-- Solenn Le Bellec, traductrice. Généalogiste et journaliste à Ouest France, dites-vous ? Il m'arrive de travailler quelquefois pour ce journal. Et qu'y faites-vous ?

-- J'y publie une chronique mensuelle sur la généalogie. Je donne des conseils, des explications. J'apporte aussi des réponses à des questions que se posent les personnes à la recherche de leurs origines.

– Nous voilà donc confrères en quelque sorte et je suppose que nous nous rendons au même endroit à Paris ?

-- Au Salon du livre, Porte de Versailles. Et vous ?

-- Également. J'y vais pour rencontrer de nouveaux auteurs et essayer de me faire engager par une grande maison. Pour l'instant je travaille en freelance. Mais j'y vais aussi pour mon plaisir personnel. Je suis une passionnée de lecture, un peu accroc, je pense.

-- C'est une bien sympathique addiction.

Cette dernière phrase les fit rire.

– Qu'aimez-vous lire ? demanda Nathan

– Un peu tous les genres avec une préférence pour le policier, les thrillers et la fantasy.

-- Êtes-vous de Brest ?

-- Presque, je suis de Guilers, à six ou sept kilomètres de la ville. Et vous ? Qu'allez-vous faire à ce salon ? La cueillette aux auteurs ? dit-elle en riant.

Elle avait un rire cristallin qui résonnait dans le compartiment. Il aurait voulu l'amuser encore juste pour entendre ces notes perlées s'échapper de sa gorge.

– *J'ai bien fait de changer de wagon, pensat-il. Je ne l'aurais pas rencontrée. Elle me plaît.-*

Il revint à la question posée

-- La généalogie y tient un stand. J'espère y rencontrer des confrères, découvrir de nouveaux savoirfaire et me tenir informé des derniers logiciels parus. Pour finir, je souhaite rencontrer un auteur dont on parle beaucoup en ce moment. Il hante les plateaux de télévision et les émissions radio consacrés à la littérature. Gaëtan Fourvières, vous connaissez ?

-- J'ai entendu ce nom, en effet, mais je ne connais pas son œuvre.

-- Œuvre est un bien grand mot, c'est son premier et unique ouvrage. Une intrigue policière sur fond d'aristocratie et d'héritage. C'est très bien écrit et captivant. J'aimerais pouvoir l'approcher. J'ai acheté son livre « *L'enfant du pêché* »

-- J'aime bien le titre.

-- Moi aussi, d'autant que j'ai lu récemment un manuscrit portant le même titre et traitant du même sujet mais avec un nom d'auteur différent.

-- Si c'est le même titre et le même sujet, c'est sûrement le même auteur, non ?

-- Eh bien, c'est justement ce qui m'interpelle. Le manuscrit en ma possession porte un nom d'auteur qui n'a rien à voir avec ce Gaëtan Fourvières

-- Il a peut-être choisi un pseudo.

-- Possible ! dit Nathan, un peu dubitatif.

-- Mais pourquoi tenez-vous tant à le rencontrer ? demanda la jeune femme.

-- Je veux être sûr de l'identité de cet auteur. Est-il celui dont j'ai retrouvé le manuscrit dans un coffre ou quelqu'un d'autre ? S'il s'agit d'une autre personne, cette similitude entre les deux textes me trouble. J'ai besoin d'éclaircir le mystère, si toutefois mystère il y a.

Il ne lui confia pas que l'auteur du livre en sa possession avait été assassiné et que lui, Nathan savait parfaitement qu'il avait affaire à un usurpateur.

-- Comment comptez-vous vous y prendre ?

-- Je prétexterai que Ouest France m'a demandé de mettre à profit mon passage au salon pour solliciter une interview afin de rédiger un article sur l'auteur et son bouquin. Je suis sûr qu'il acceptera, les auteurs adorent se raconter vous savez ?

La jeune femme pencha la tête vers la vitre.

-- Nous arrivons, dit-elle. Vous restez plusieurs jours à Paris ?

-- Tout au plus jusqu'à Lundi. J'ai réservé une chambre dans un petit hôtel non loin du Parc des

Expositions ainsi je pourrai me rendre à pied au salon. Et vous ?

-- Je suis logée chez une de mes cousines. Je rentre dimanche par le train de 15 h.

-- Peut-être nous verrons nous à l'exposition. Ou peut-être pas. Puis-je vous offrir un verre à la brasserie de la gare ?

-- Désolée mais ma cousine vient me chercher. Elle doit m'attendre au bout du quai. Je vous souhaite un week-end enrichissant. Au plaisir et qui sait, peut-être au salon du livre, au détour d'une allée.

Et elle s'éloigna, tirant sa valise derrière elle. Nathan resta là à la regarder disparaître dans la foule des voyageurs.

2 *

Mardi 8 novembre 2018 - 18 heures 30

Quatre mois plus tôt

La voiture s'arrêta au ras du mur d'enceinte de la propriété. Un homme en descendit, enfila rapidement une paire de gants et commença à farfouiller dans le moteur. D'un geste dépité, il referma le capot, ôta les gants qu'il rangea dans un sac de voyage.

Il fit quelques mètres et se retrouva devant la grille en fer forgé qui fermait le domaine. Une allée couverte de neige conduisait à un petit manoir qu'il observa un moment. C'était une belle demeure datant de la fin du 19e siècle, un petit château de campagne, une maison de maîtres ou une gentilhommière comme on disait à cette époque.

Une porte d'entrée imposante et les grandes fenêtres du rez-de-chaussée s'ouvraient sur une pelouse endormie sous son blanc manteau et même les rosiers, les bosquets d'hortensias et de pivoines avaient pris des allures de squelettes. Quelques arbres majestueux complétaient ce décor. A l'étage d'autres grandes ouvertures occupaient la façade. Le toit d'ardoise grise supportait plusieurs conduits de cheminée.

Le portail n'étant pas fermé à clés, il l'ouvrit et s'avança dans l'allée qui menait au perron. Il n'eut pas à sonner, la porte s'ouvrit sur une femme âgée vêtue d'une robe noire et d'un petit tablier blanc.

-- Bonjour, Madame, pardon de vous déranger, dit-il. Ma voiture est en panne devant chez vous et je souhaiterais téléphoner, si cela était possible.

La femme le dévisagea, eut un mouvement de recul puis le toisant, le détailla de bas en haut. Elle avait un air revêche qui le refroidit un peu.

-- Quel accueil ! pensa-t-il

-- Attendez-là, je vais prévenir Madame, dit-elle.

-- Très bien.

La servante referma derrière elle, le laissant sur le perron. Au bout de quelques instants, l'homme entendit parler derrière la porte qui s'ouvrit de nouveau. Une femme d'une cinquantaine d'années apparut.

La maîtresse de maison, sans aucun doute, se dit-il.

-- Bonjour Monsieur. Constance de Mérieux

Le ton était précieux et la main tendue toute molle

-- Bonjour Madame ! Gilles fauvet, dit-il en la lui serrant.

Elle lui lança un regard déçu et poursuivit sa phrase d'une voix un peu haut perchée.

-- Mathilde me dit que vous êtes en panne et que vous souhaiteriez téléphoner?

-- En effet ! Ma voiture s'est arrêtée devant votre portail et refuse de repartir. Pour comble de malchance j'ai oublié mon portable à l'hôtel

-- Entrez, je vous prie.

Il pénétra dans un hall immense, un escalier central menait à l'étage, plusieurs portes s'ouvraient sur cette pièce.

-- Le téléphone est là, dit-elle en désignant un petit secrétaire en merisier, vous trouverez un annuaire dans le tiroir.

-- Je vous remercie. Peut-être connaissez-vous un garagiste que vous pourriez me recommander ?

-- Hélas, non. Nous n'avons pas de voiture. Mon mari et moi utilisons les taxis pour nos rares déplacements. Je sais qu'il en existe plusieurs en ville. Vous trouverez sans aucun doute celui qui vous convient. Puis montrant une porte, elle dit : si vous avez besoin de moi, je serai au salon. A tout de suite.

Gilles Fauvet consulta la liste des différents garagistes, en appela un, parlant suffisamment fort pour être entendu des occupants du salon.

-- Non, je ne peux pas attendre demain, je suis actuellement chez des gens charmants qui ne me connaissent pas et que je ne voudrais pas les importuner trop longtemps. C'est la fin d'après-midi, oui, comprends...demain matin ? Très bien et à quelle heure pensez-vous pouvoir venir ? En fin de matinée ? Mais, c'est impossible, j'ai des rendez-vous, des clients à voir...Bon, écoutez, faites pour le mieux. L'adresse ? Attendez, je demande.

Il poussa la porte vitrée du salon qui était restée légèrement entre ouverte.

-- S'il vous plaît, lança-t-il, j'ai besoin de votre adresse.

Face à la cheminée qui crépitait joyeusement, Constance était assise sur un canapé aux côtés d'un homme assez corpulent, d'environ une cinquantaine d'années lui aussi. Elle se tourna vers le visiteur.

-- Mon époux, dit-elle en montrant l'homme assis près d'elle. Pour l'adresse... 354, Chemin des Martyrs, à Lanrivoaré.

Les deux hommes se saluèrent d'un hochement de tête. Gilles répéta l'adresse à son correspondant puis rejoignit le couple.

Le mari de Constance se leva et lui serra la main.

-- Enchanté ! Paul-Louis de Mérieux, dit-il ! C'est toujours ennuyeux ce genre de problème surtout dans notre village où il n'y a aucun garagiste. Avez-vous trouvé un dépanneur ?

-- Gilles Fauvet, se présenta-t-il. Oui, pour demain en fin de matinée. De ce fait, je vais vous demander la permission d'appeler un taxi pour rejoindre mon hôtel.

-- Où êtes-vous descendu ?

-- A St Renan, à l'hôtel des Voyageurs.

-- Évidemment, mais je vous en prie, ne vous gênez pas, le téléphone est à votre disposition.

Constance intervint.

-- Il vous faudra revenir en taxi, demain matin ? demanda-t-elle.

-- Je n'ai pas d'autre choix.

Se tournant vers son mari, elle dit :

-- Paul-Louis, mon ami, pensez-vous comme moi que Monsieur Fauvet pourrait passer la nuit chez nous ?

-- J'allais le lui proposer, très chère, avec votre accord. Monsieur Fauvet, acceptez notre hospitalité, ce n'est pas si souvent que nous avons des visiteurs. Vous dînerez avec nous et nous mettrons une chambre à votre disposition. Ce sera plus simple pour vous que de faire les allers-retours en taxi.

-- C'est très gentil à vous deux, mais je ne puis accepter...

-- Mais bien sûr que vous pouvez, dit Paul-Louis, grand seigneur. C'est nous qui vous remercions de nous faire ce grand plaisir. Et puis il n'est pas certain que vous trouviez un taxi qui consente à se déplacer à cette heure tardive et avec la neige qui tombe.

Gilles Fauvet les observait tandis qu'ils discutaient entre eux

-- Devant tant de gentillesse, je ne peux qu'accepter.

L 'employée de maison s'activait à dresser la table du repas tout en bougonnant.

-- Mathilde, nous serons quatre pour le dîner ! dit Constance. Mathilde, m'avez-vous entendue ? *Puis haussant la voix,* **Nous serons quatre pour le dîner !**

-- Oui, Madame, j'avais compris la première fois, vous savez ? *Le ton était toujours aussi sec.*

-- Désolée, Mathilde - *puis s'adressant à Gilles dont elle avait deviné la surprise* - Mes parents l'ont engagée lorsque j'avais dix-huit ans et depuis elle ne m'a jamais quittée. Elle m'est très attachée et se permet parfois quelques réactions pouvant paraître déplacées. Mais asseyez-vous Monsieur Fauvet, nous allons prendre l'apéritif ; Paul-Louis, mon ami, voulez-vous faire le service ?

-- Certainement, dit-il en se levant. Il se dirigea vers une bibliothèque et fit pivoter l'un des panneaux découvrant un bar.

--Je prendrai un Bourbon, dit-il, est-ce que cela vous tente, Gilles? Vous permettez que je vous appelle Gilles ?

-- J'allais vous en prier. D'accord pour le Bourbon et merci encore à vous deux. Je suis vraiment confus pour le dérangement.

-- Ne soyez pas gêné, je vous l'ai dit, nous sommes en mal de visiteurs dans cette forteresse ! Constance, pour vous ce sera comme d'habitude ?

-- Ce n'est peut-être pas le mot qui convient, mais, en effet, ce sera comme d'habitude. Puis-je vous demander d'où vous venez si ce n'est pas indiscret, Monsieur Fauvet ? dit Constance.

-- Pas du tout. De Choisy-le- Roi, en région Parisienne. +Vous pouvez m'appeler Gilles, ce sera moins cérémonieux

-- Trouvez-vous que Paul-Louis et moi sommes cérémonieux, Gilles ? dit la femme en riant.

-- Bien au contraire. Comment puis-je vous remercier ?

-- En appréciant le repas que nous servira Mathilde.

-- Vous avez parlé de quatre couverts...

-- Mathilde prend tous ses repas avec nous. Depuis toutes ces années, elle fait partie de la famille.

-- Quel est votre job, exactement, Gilles ?

-- Je suis lecteur pour une grande maison d'édition parisienne.

-- Quelle coïncidence ! s'exclama Paul-Louis. Une maison d'édition. Savez-vous que j'écris des romans et des nouvelles ?

-- Vraiment ? C'est incroyable que nous nous soyons rencontrés. Serait-ce un signe du destin ? répondit Gilles sur un ton amusé. – *Pourquoi crois-tu que je sois ici, prétentieux que tu es ? pensa-t-il.*

-- Oh, vous savez, je ne me prends ni pour Lévy ni pour Musso. En fait, je ne sais même pas ce que valent mes textes.

-- Vos textes sont merveilleux, Paul-Louis, intervint Constance. Elle minaudait.

-- Vous êtes trop gentille, ma chère, mais vous êtes mon épouse et ça, ça change tout. Le dîner est servi, passons à table, voulez-vous ?

-- Avez-vous un manuscrit terminé ? demanda Gilles en s'installant près de Constance

-- Oui, j'en ai plusieurs, mais un seul que je pense abouti, enfin...c'est mon impression.

-- Puisque vous m'offrez l'hospitalité pour la nuit, accepteriez-vous de me le confier. Je pourrais le lire ce soir et vous donner mon avis ?

Les de Mérieux étaient ravis de dîner en compagnie de ce visiteur inattendu. Paul-Louis versait du vin fréquemment, incitant tout le monde à boire plus que de raison.

-- *Qui veut encore du fromage ?*

-- *Laissez, Mathilde, nous nous servirons.*

-- Que cette surdité peut être pénible, dit Paul-Louis. Pour en revenir à mon livre, j'accepte avec grand plaisir. C'est trop gentil de votre part, je vais chercher celui que je pense le plus réussi.

-- Je ne vous promets rien, bien sûr.

-- Je comprends très bien. Reprenez donc un peu de vin, je reviens tout de suite. Constance, dites à Mathilde de débarrasser, ensuite nous passerons au salon.

-- Bien. *Mathilde, vous pouvez débarrasser.*

-- *Non, merci Madame, j'en ai pris assez...*

Constance esquissa un sourire amusé. Elle savait qu'il n'y a pas pire sourde que celle qui ne veut pas entendre et sur un ton normal :

-- Mon cher, nous allons devoir lui prêter le sono-tone de votre grand-père, dit-elle à Paul-Louis en brandissant l'objet. Il doit encore fonctionner malgré son grand âge.

A voir la tête renfrognée qu'elle fit, chacun dans la pièce comprit que Mathilde avait tout entendu. Hilarité générale au grand dam de la servante.

-- Votre visite inattendue met un peu d'ambiance dans la maison ! déclara Paul-Louis, ravi de l'ambiance joyeuse qui régnait dans la pièce. Inattendu est un mot absent de notre vocabulaire car nous n'apprécions pas les surprises.

-- Comment occupez-vous votre temps, si je ne suis pas trop indiscret.

-- Non, pas du tout. Moi, j'écris tandis que ma chère Constance s'occupe de la maison avec Mathilde. Par ailleurs nous avons trois couples d'amis dans les villages alentour. Ce sont des gens de notre monde qui habitent des petits châteaux ou des grandes maisons de maître. Nous avons pris l'habitude de nous recevoir tous les vendredis.

-- Chaque semaine un couple réunit les trois autres, continua Constance. Nous dînons et la soirée se poursuit par un jeu de rôles où nous revivons les temps anciens, principalement le Moyen âge.

-- Un jeu de rôles ? s'extasia Gilles Fauvet. Voilà qui doit être passionnant. Vous costumez-vous pour l'occasion ?

– Évidemment. Notre première épreuve consiste à résoudre l'énigme que nous recevons et qui nous conduira chez nos hôtes

-- Et comment vous déplacez-vous puisque vous n'avez pas de voiture ?

-- Pour l'occasion nous en louons une avec chauffeur pour la soirée.

Ils ont donc quelques relations, quelques couples vivant comme eux, sans grande folie dans leur vie, sans surprise mis à part celle du vendredi. Quelle tristesse, se dit Gilles.

Ils s'invitaient les uns les autres selon un agenda immuable depuis de longues années. Personne n'entrait ici sans y avoir été invité. L'histoire de cet éditeur parisien en perdition devant chez eux servirait désormais d'anecdote auprès de leurs relations. Un inconnu chez les de Mérieux, c'était une aventure rare, un safari en Terre inconnue, dans leur monde où tout est tellement convenu qu'il ne reste plus rien à l'improvisation, où tout est écrit d'avance. Ils n'étaient pas malheureux de cette vie sans but, ils avaient l'un et l'autre toujours vécu ainsi. Le décor de leur manoir était figé depuis toujours comme si le temps l'avait pétrifié, tout paraissait comme le bourbon : sans âge, éternel comme la servante. Constance qui se demandait souvent ce qu'elle ferait sans elle, appréhendait l'après Mathilde. Elle qui avait tant de difficultés à accorder sa confiance, se demandait comment remplacer celle qui avait accompagné la jeune fille, recueilli ses confidences de jeune mariée, celle dont le temps de vie s'amenuisait lentement.

Mathilde, engagée pour être sa gouvernante, c'est tout naturellement qu'elle la suivit chez les de Mérieux lorsque la jeune fille épousa Paul-Louis. Elle ne parlait jamais de son passé, elle était une femme sans histoire, une femme simple, discrète et sans passé. D'où venait-elle ? Comment avait-elle atterri dans ce petit coin perdu de Bretagne ?

Constance l'interrogeait parfois sur sa jeunesse mais n'obtenait jamais de réponse, la soupçonnant de rajouter volontairement un degré de surdité à sa surdité réelle, handicap sélectif en quelque sorte qui lui permettait de ne pas répondre aux questions embarrassantes.

A la fin du repas, Mathilde avait entrepris de faire la poussière dans salon, sans doute pour ne rien perdre de la suite de la soirée.

– A cette tardive, s'étonna Gilles Fauvet. Elle est vraiment bizarre cette domestique.

Paul-Louis rejoignit Constance et Gilles, son manuscrit dans une main, un grand millésime dans l'autre.

-- Pomerol millésime 2005 ! « L'enfant du péché », millésime 2018. L'une des deux années fut bien meilleure que l'autre. Paul-Louis brandissait ses trophées à bout de bras, fier de partager avec Gilles deux de ses trésors.

-- Je crains d'être moins objectif sur la qualité de votre vin que sur celle de votre manuscrit. Racontez-moi un peu, qui est « l'enfant du péché » ?

– C'est l'histoire de deux hommes qui se découvrent frères. Dès lors ils vont être confrontés au secret, à la loi du silence. Chacun d'entre eux vivra très différemment cette révélation. L'un voudra faire éclater sa vérité, l'autre choisira de maintenir la paix dans sa famille en se taisant.... Mathilde, voulez-vous bien m'apporter la carafe à décanter ? Et de grâce, laissez donc ces bibelots tranquilles ! Depuis ce matin ils n'ont pas eu le temps de prendre la poussière. Mathilde ! Mathilde !

La servante ne réagissait pas, poursuivant son dépoussiérage.

Constance fit quelques pas et toucha l'épaule de la domestique qui sursauta.

-- *Mathilde, cessez de faire le ménage, il est tard, vous devriez aller vous coucher.*

-- Mais je dois conduire Monsieur Fauvet à sa chambre.

-- *Nous nous en chargerons. Bonne nuit, Mathilde.*

Gilles, amusé, s'adressa à Paul-Louis en observant la scène :

-- Quel tempérament ! Pardonnez mon indiscrétion, mais je m'étonne de voir une femme de son âge travailler encore, surtout à une heure aussi tardive.

-- Essayez donc de lui parler de retraite à notre Mathilde et je vous fais cadeau de ma cave ! Elle a eu soixante-quinze ans le premier mai dernier, voilà quinze ans qu'elle perçoit sa retraite. À cette époque, nous lui avions proposé de l'aider à s'installer en ville et Constance s'était chargée de recruter une nouvelle employée de maison auprès de l'ANPE quelques mois avant l'échéance. Plusieurs jeunes femmes avaient posé leur candidature, mais aucune n'avait résisté à l'intransigeance de Mathilde et aucune n'avait trouvé grâce aux yeux de mon épouse. Alors elle est restée ! Après toutes ces années, elle fait partie de la famille, vous savez

-- Et vous, demanda Gilles. Quel est votre métier ?

-- Je n'en ai pas. Nous vivons de nos revenus de fermage ainsi que des légumes, œufs, lait, fromage, poules, canards et autres lapins que nous fournissent les métayers. J'ai fait des études de comptabilité à la demande de mon père afin de gérer le domaine facilement. Depuis quelques années, j'ai recours à un expert-comptable ce qui me permet de m'adonner à mon passe-temps favori : l'écriture.

Un vrai seigneur du Moyen Âge, pensa Gilles Fauvet, vivant de la taille et de la gabelle ! Et ceci au 21e siècle.

Paul-Louis, en retraçant l'histoire, alla lui-même chercher la carafe à décanter. Par habitude, il demandait toujours à Mathilde d'accomplir des tâches domestiques qu'il pouvait très bien effectuer seul. Par habitude aussi, il finissait le plus souvent par se débrouiller sans elle. Pour ne pas avoir à se répéter, pour ménager la vieille femme, parce qu'un jour il faudrait bien s'habituer à faire sans elle. Bien évidemment, la conversation roula essentiellement sur l'édition et les auteurs. Paul-Louis buvait littéralement les paroles de Gilles. Celui-ci s'en aperçut et en rajouta. Il tenait en main le manuscrit du candidat écrivain et le feuilletant au hasard, lisait une phrase à haute voix en haussant les sourcils d'étonnement, impressionné. Paul-Louis affichait un sourire de fausse modestie, bouche entre-ouverte. Se délectant d'entendre son texte ainsi déclamé, il versait de temps à autre un peu de Pomerol dans chaque verre.

Constance, yeux mis clos, sourire extasié sur les lèvres, buvait les paroles de leur invité surprise, imaginant Bernard Pivot ou François Busnel dans leur salon, faisant vivre le livre de Paul-Louis. Jouant de cette subjugation, Gilles prenait plaisir à décortiquer des phrases, à disséquer des mots, à trouver des métaphores là où précisément il n'y en n'avait aucune. Le couple était aux anges, totalement conquis.

-- Mon cher Paul-Louis, je ne regrette pas d'être tombé en panne devant chez vous. Je ne vous promets rien avant d'avoir lu la totalité de votre roman mais, vous savez, j'ai l'habitude et en général quand j'ai des fourmis dans la paume des mains, c'est que je tiens quelque chose d'intéressant. Cependant, je ne voudrais pas abuser de votre gentillesse, ni de votre Pomerol qui est tout simplement divin. Si vous le permettez, j'aimerais rejoindre ma chambre, afin de prendre le temps de vous lire complètement.

Visiblement déçus par l'arrêt brutal de cette séquence de lecture improvisée, qu'ils auraient apprécié qu'elle se prolonge les de Mérieux se levèrent. Gilles souhaita une bonne nuit à Paul-Louis, en lui lançant un clin d'œil que l'auteur prit avec ravissement comme une sorte de connivence. Constance conduisit Gilles à l'étage.

-- Je vous souhaite une bonne nuit, dit la maîtresse de maison. Nous prenons le petit déjeuner à 8 h.

-- C'est parfait. Bonne nuit à vous aussi, répondit Gilles en refermant la porte.

* * * *

-- Mais pour qui ils se prennent ces bouffons ? Lui un grand écrivain ! Elle une parfaite femme d'intérieur, raffinée et spirituelle ! Quelle fatuité, quelle arrogance ! Tu as raison, mon ami, dit-il en s'adressant à quelqu'un d'absent, tu n'as rien à faire avec ces gens-là.

Il fulminait. Une bouffée de colère lui monta au visage, il jeta le manuscrit sur le lit d'un geste rageur. Malgré tout, il se réjouit de la facilité avec laquelle il avait pu pénétrer dans l'intimité de ce couple, sans mettre en œuvre le plan compliqué qu'il avait imaginé. Il consulta sa montre, régla son alarme sur 6 h du matin et la mit sur vibreur.

-- La nuit va être longue. Il faut que je dorme un peu si je veux m'en aller au lever du jour sans avoir à supporter leur baratin.

Il ouvrit son bagage, en sortit un sac de couchage qu'il déplia sur le lit et s'y allongea. Depuis longtemps il ne supportait pas de coucher dans d'autres draps que les siens d'où la présence de ce sac dans sa valise.

* * * *

3 *

Samedi matin 10 novembre 2018

Collée sur la porte vitrée de la Maison de la Presse, la Une du journal Ouest France, titrait en lettres rouges :

« *Constance et Paul-Louis de Mérieux, notables honorablement connus dans la région, ont été retrouvés assassinés dans leur résidence* »

Dans les pages intérieures, le journaliste poursuivait :

« *Découverts par la gouvernante à leur service depuis de nombreuses années, les époux de Mérieux gisaient dans une mare de sang.*

Comme à son habitude, elle avait préparé la table du petit déjeuner, y ajoutant un quatrième couvert pour l'invité surprise de la veille. Les de Mé-

rieux s'étaient couchés tard et bu plus que de coutume, en compagnie de cet homme qu'ils avaient gardé à dîner et invité à dormir chez eux. Ne les voyant pas arriver à l'heure habituelle, elle avait tout naturellement pensé qu'ils faisaient la grasse matinée. Le temps passant, elle s'inquiéta et monta à l'étage. La porte de la chambre d'ami était grande ouverte et vide de tout occupant.

-- J'ai pensé que Monsieur Fauvet était parti de bonne heure. Puis, je me suis souvenue que sa voiture était en panne et qu'il attendait un garagiste pour la fin de matinée. Où pouvait-il bien être ?

Regardant par la fenêtre, elle ne vit aucun véhicule stationné devant le portail. Plus d'invité, plus de voiture, elle trouva la situation anormale et décida d'avertir ses patrons en allant les réveiller. Elle frappa à la porte de leur chambre. N'obtenant aucune réponse, elle pénétra dans la pièce et découvrit Constance et Paul-Louis de Mérieux baignant dans une mare de sang. »

L'article indiquait également que, d'après la servante, aucun objet de valeur n'avait été dérobé. Les bijoux de la maîtresse de maison étaient à leur place dans un coffret posé sur la coiffeuse de la chambre. Aucun des tableaux aux signatures prestigieuses n'avait disparus. Le coffre-fort dissimulé derrière l'un d'eux était intact. Seul un album de photos de famille, auquel Paul-Louis de Mérieux tenait particulièrement et son dernier manuscrit avaient disparu.

* * * *

Mercredi 7 novembre 2018 - l'enquête

En titubant Mathilde sortit de la chambre de ses employeurs, descendit au rez-de-chaussée et s'assit sur la première marche de l'escalier. Horrifiée, elle réfléchissait, son cerveau refusant de comprendre. La tête dans ses mains, elle se lamentait en se balançant doucement d'avant en arrière. Elle semblait un petit enfant qui sort d'un cauchemar et essaie de faire fuir les vilaines images de son rêve.

La pauvre vieille femme ne savait que faire. Dans son cerveau un nom se mit soudain à clignoter : « Philippe Jordan ! Philippe Jordan ! »

Elle se leva d'un bond malgré ses douleurs aux jambes

-- Je vais l'appeler, lui saura.

Elle saisit le téléphone placé près de l'escalier et composa un numéro. Une voix ensommeillée répondit

-- Docteur Jordan, j'écoute !

-- Philippe, c'est Mathilde de chez les de Mérieux, dit-elle la voix brisée par les sanglots qu'elle retenait

-- Mathilde ! Que vous arrive-t-il, vous me semblez bien agitée !

-- C'est Madame et Monsieur, répondit-elle en essayant de se calmer. Ils sont morts !

-- Comment ça, morts ? En êtes-vous sûre ? Comment est-ce arrivé ?

-- Je n'en sais rien ! Venez vite, s'il vous plaît, vite.

-- Ne touchez à rien ! J'arrive.

Il raccrocha, s'habilla rapidement et sauta dans sa voiture. En chemin il repensa à l'annonce de Mathilde, essayant de trouver une raison à ces deux morts. Il poussa la porte d'entrée restée entre ouverte. De son côté, Mathilde avait reposé le combiné et repris son balancement dans l'escalier. Elle fredonnait une comptine de son enfance, prostrée au bas des marches menant à l'étage, comme pour en interdire l'accès.

-- Mathilde, je suis là ! Vous m'entendez, demanda-t-il ?

Elle le fixait d'un regard perdu où brillaient encore l'incrédulité et l'horreur.

-- Mathilde, c'est moi Philippe. Il la secouait doucement.

Tout à coup, le reconnaissant, elle se jeta dans ses bras laissant enfin couler ses larmes.

-- Là-haut, murmura-t-elle. Elle pointait son index. Là-haut, dans leur chambre. Va vite, vite.

-- Venez d'abord vous installer au salon et vous calmer.

Il la conduisit doucement, la fit asseoir dans un fauteuil et lui tendit un verre avec un fond de cognac.

– Buvez lentement, cela va vous redonner quelques forces. Je monte.

Il gravit les marches en courant et s'arrêta pétrifier sur le seuil de la chambre.

– Seigneur ! Quelle horreur !

Il resta immobile durant quelques secondes puis son professionnalisme reprit le dessus. Sans avoir besoin de les examiner, il savait qu'ils étaient morts. Saisissant son portable, il composa le numéro de la gendarmerie.

Le capitaine Gaël Le Floch entrait dans son bureau lorsque le téléphone sonna.

--Ma Doué, dit-il. Oubliez-moi pour le mois qu'il me reste à tirer dans ce coin tranquille. Il décrocha :

-- Capitaine Le Floch, se présenta-t-il sur un ton agacé. Que puis-je pour vous ?

-- Gaël, c'est Philippe Jordan

-- Philippe ? A cette heure matinale ? Que t'arrive-t-il ?

-- Je suis au Manoir, chez les de Mérieux. Ils sont morts tous les deux. Une balle dans la tête, expliqua le docteur.

-- Gast* ! Qu'est-ce que tu me dis ?

-- Juste ce que je vois. Ramène-toi vite.

-- OK ! On arrive. Valentine, Elouan en piste. Il ne manquait plus que ça pour que je termine ma carrière en beauté, la cerise sur mon gâteau de départ. Pfff !

Après avoir passé trente années de sa vie d'une caserne à l'autre, il avait obtenu pour les six derniers mois de sa carrière, le commandement d'une petite brigade de campagne, dans sa Bretagne natale. La région était calme, jamais de gros problèmes, juste quelques querelles de voisinage ou conjugales sans conséquences graves. Ses interventions les plus importantes se résumaient à des contrôles d'alcoolémie le samedi soir à la sortie de la boîte du coin, de quelques flashes pour excès de vitesse et depuis novembre dernier, un rond-point occupé tous les week-ends par des gilets jaunes. Mais tout se déroulait dans le calme et la bonne humeur. Il appréciait cette tranquillité qui lui permettait de se préparer en douceur à une existence moins agitée après toutes ses années passées au service des autres.

Accompagné de ses adjoints, l'adjudant Valentine Pérez et le lieutenant Elouan Le Cann, il pensait à tout ça dans le véhicule qui les conduisait, toutes sirènes hurlantes vers le Manoir. Elles résonnaient dans l'air glacial de ce petit matin breton.

-- Valentine, avez-vous prévenu la Scientifique ? demanda-t-il

-- Oui, Capitaine. Ils seront là dans une demi-heure.

-- Parfait ! Et vous Elouan, avez-vous demandé des renforts ?

-- Affirmatif, Capitaine. J'ai appelé cinq de ceux qui sont de repos ce matin. Ils nous rejoignent.

-- Bien ! Allons voir de quoi il retourne.

---

* *Ma doué : Mon dieu*
* *Gast : Putain en breton*

La voiture s'arrêta devant le perron où les attendait le médecin.

-- Salut, Gaël. Merci d'avoir fait vite. Suis-moi. Ce n'est pas joli à voir, prévint-il.

Ils montèrent à l'étage et le capitaine découvrit la scène dans toute son horreur.

-- Kaoch ! Merde ! Quelle boucherie ! J'espère que tu n'as touché à rien, la Scientifique arrive

-- Moi non ! Pour Mathilde, je ne sais pas. C'est elle qui les a trouvés mais je doute qu'elle ait touché à quelque chose.

-- Valentine, une rubalise au pied de l'escalier. Que personne ne monte à l'étage, il faut préserver la scène du crime pour les experts. D'ailleurs ils arrivent.

Deux Peugeot Partner vinrent se garer dans l'allée. Une pour les gendarmes de la brigade, l'autre pour celle des scientifiques venus de Brest.

-- Salut les gars. Pérez et Le Cann vont vous briffer. Je retourne vers le principal témoin.

Les experts, munis de leurs valises pénétrèrent dans la maison et se mirent en tenue : combinaison blanche, masque, couvre chaussures et gants. Ainsi habillés, ils montèrent à l'étape et le ballet des relevés d'indices commença.

Le capitaine Le Floch revint vers le médecin. Ils passèrent dans le salon où ils trouvèrent la vieille femme recroquevillée dans un fauteuil et gémissant doucement.

-- Elle est sous le choc de sa découverte et un peu désorientée, dit le docteur. Je ne suis pas certain qu'elle t'apprenne quelque chose. Fais doucement, s'il te plaît, ne la brusque pas.

-- Promis. Il s'approcha de Mathilde qui répétait tout bas :« je suis sûre que c'est lui qui les a tués »

-- Qui ça LUI, interrogea le Capitaine

-- L'invité d'hier soir. Il m'a déplu dès le premier regard, je l'ai dit à Madame mais ils étaient tellement contents de cette visite inattendue qu'ils ne m'ont pas écoutée. « Je suis sûre que c'est lui ! »

-- Pourquoi dites-vous « c'est lui ?». Essayez d'être plus précise.

Elle les regardait l'un après l'autre sans vraiment comprendre la question posée, puisant un peu de réconfort dans leurs yeux. Il continua :

-- Prenez votre temps et racontez-nous. Il associait le docteur à ses questions parce qu'il pensait qu'elle avait confiance en lui. Tout ce que vous pourrez nous dire sera important pour nous aider à trouver le meurtrier.

Elle prit une grande inspiration et raconta tout ce qui s'était passé la veille : l'arrivée de l'inconnu en panne devant la maison, les coups de fil aux garagistes puis l'invitation à dîner et à coucher au Manoir.

-- A-t-il donné un nom ? La ville d'où il venait ? Où il se rendait ?

-- Vous savez, je suis un peu sourde mais il a dit s'appeler Gilles Fauvet, éditeur à Paris et être descendu à l'hôtel Les Voyageurs à St Renan. Je crois qu'il habite dans la banlieue de Paris.

-- Pour une sourde, vous avez entendu beaucoup de choses, remarqua Philippe Jordan sur le ton de la plaisanterie.

-- Après le repas, Monsieur a sorti une bonne bouteille de vin et lui a montré son dernier manuscrit. Bonne aubaine, pensez donc, un éditeur dans sa maison. L'autre a lu quelques passages sous les regards conquis de Madame et Monsieur. C'est alors qu'ils m'ont envoyée me coucher. Ce que j'ai fait après avoir débarrassé la table et mis en marche le lave-vaisselle.

-- Et vous n'avez rien entendu : pas de coups de feu, pas de voiture qui démarrait ? interrogea le capitaine

-- Absolument rien. Je loge dans la partie du Manoir jadis réservée aux employés de maison et bien éloignée de l'étage et puis avec ma surdité...

-- Dommage mais c'est super, Mathilde, dit le capitaine. Nous avons de nombreux indices à exploiter Vous nous avez bien aidés. Malheureusement, vous ne pouvez pas rester dans la maison. Avez-vous de la famille ou des amis chez qui passer quelques jours ?

-- Je n'ai personne. Ses yeux allaient de l'un à l'autre. Elle était complètement perdue.

-- Je vais voir avec la directrice de la maison de retraite de St Renan. Je reviens.

Muni de son portable, le docteur sortit sur le perron. Le jour s'était levé mais le ciel très bas annonçait de la neige. Il frissonna. Décidément ce mois de Février commençait bien mal. Il appela la maison de retraite, discuta un long moment puis raccrocha. Il revint vers la vieille femme, de nouveau seule dans le salon.

-- La directrice accepte de vous héberger le temps de l'enquête, dit-il. Ensuite vous déciderez d'y rester ou pas. Je vous y conduis lorsque vous serez prête.

-- Merci Philippe.

Il la regarda s'éloigner. Tête baissée, dos voûté, elle avançait lentement.

-- Elle a vieilli de dix ans en quelques heures, se dit-il. Que va devenir cette pauvre femme maintenant que ses protecteurs sont morts ? Elle ne pourra pas rester au Manoir. On ne lui connaît aucune famille qui pourrait l'accueillir, les de Mérieux n'avaient pas d'enfants et plus aucune famille eux aussi. Tout disparaît avec eux. Peut-être ont-ils pris des dispositions chez le notaire. Attendons, nous verrons bien.

Le capitaine Le Floch, muni des indices fournis par Mathilde, réunit tous les gendarmes, constitua trois équipes attribuant à chacun une tâche.

-- Je garde Valentine avec moi. Sitôt que vous avez des réponses, vous nous en informez et nous ferons la synthèse. Retrouvons-nous à la brigade en fin de matinée.

-- D'accord, capitaine.

Les équipes se dispersèrent, l'une pour une enquête de voisinage, l'autre pour une recherche sur les appels téléphoniques, la dernière pour se rende à St Renan à l'Hôtel Les Voyageurs.

Valentine et Gaël Le Floch rejoignirent les scientifiques qui achevaient leurs prélèvements et leurs investigations. Le légiste avait pour sa part terminé l'étude des corps. Ils avaient été déposés dans des sacs pour être conduits au centre médico-légal pour une autopsie complète.

-- Alors, toubib ! As-tu pu faire parler ces corps ? demanda le capitaine

-- Douterais-tu de mon charme irrésistible ? Évidemment qu'ils m'ont parlé.

-- Raconte !

-- Alors voilà. Ils dormaient paisiblement quand le meurtrier a tiré la première balle tuant le mari. La femme réveillée a subi le même sort.

-- Elle a été tuée pour s'être réveillée ? Pas de veine ! D'où l'avantage d'avoir le sommeil lourd ; tu n'entends rien. Trêve de plaisanterie, comment peux-tu savoir que le mari a été tué avant sa femme.

-- Le degré de température interne, plus élevé chez elle. Donc morte quelques minutes après. La mort a été instantanée comme tu t'en doutes. Pratiquement à bout touchant. Sans doute une arme munie d'un silencieux. J'en saurai un peu plus l'autopsie terminée.

-- Combien de temps pour les résultats ?

-- En fin d'après-midi. Je n'ai pas d'autres clients en ce moment. Je t'envoie le rapport par mail.

-- C'est bon pour moi. Au fait as-tu pu fixer l'heure de la mort ?

-- Entre cinq et six heures du matin.

-- Merci, toubib. Je ne te dis pas à bientôt. Ce meurtre sera mon dernier et je ne suis pas sûr de pouvoir l'élucider avant mon dé Qpart.

Une poignée de mains et le capitaine alla voir le responsable des experts.

-- Qu'avez-vous trouvé d'intéressant ?

-- Pas grand-chose. Dans la chambre des morts, leurs empreintes et celles de la bonne, dans la chambre d'amis pas une seule en dehors des trois déjà citées. Pas d'ADN, rien ! Un vrai fantôme le gars. Je vous envoie le détail et les conclusions dès que c'est prêt.

-- Merci à vous. Je ne vous dis pas au plaisir. J'espère bien que ce sera ma dernière affaire. Rentrons, dit-il à Valentine.

-- A bientôt, capitaine.

Valentine et le capitaine quittèrent les lieux après avoir confié le Manoir à une équipe qui devait attendre que la scientifique s'en aille pour fermer l'endroit et poser des scellés sur toutes les ouvertures extérieures.

Arrivés à la brigade, l'adjudant prépara un tableau pour y accrocher les éléments visuels, ouvrit un dossier au nom des de Mérieux. Le capitaine profita de ce moment pour consulter son courrier, ses mails et ses messages téléphoniques. De ce côté-là tout était en ordre. Il terminait lorsque Valentine lui annonça le retour des autres équipes.

-- Voyons ce qu'ils ont pu recueillir.

-- Rien, mon capitaine ! Rien ! déclara Elouan, son adjoint. Cet homme est un fantôme.

-- Détaillez !

--L'enquête de voisinage n'a rien donné de concluant. Il faut dire que, dans cette campagne, les habitations sont assez éloignées les unes des autres. Deux voisins ont remarqué la voiture arrêtée devant la grille et constaté au matin qu'elle avait disparu. Mais aucun d'entre eux n'a aperçu son occupant. Nous pensions trouver des traces de pneus ou de pas pour en faire des moulages mais avec la neige tombée cette nuit, tout a été effacé.

-- Pour nous, expliqua la deuxième équipe, le relevé téléphonique des victimes pour la journée du 8, montre qu'aucun appel n'a été passé de ce poste après 17h. Je le soupçonne d'avoir fait croire qu'il parlait au garagiste et suffisamment fort pour que ses hôtes l'entendent.

-- De notre côté, dirent ceux de la dernière équipe, nous nous sommes rendus à St Renan, à l'hôtel Les Voyageurs. Ils n'ont aucune réservation au nom de Gilles Fauvet. Ils ont fait des recherches jusqu'à début Octobre. Aucune trace. Un vrai mystère !

Soudain le fax se mit en route et Valentine récupéra les feuillets.

-- C'est le compte rendu du légiste, dit-elle au groupe. Il confirme ses premières constations.

-- A savoir ? demanda le capitaine.

-- Ils sont bien morts tous les deux d'une balle dans la tête tirée à bout touchant. Le mari avant la femme. Il situe les décès entre 5 et 6 h du matin. Le revolver doit être un vieux calibre datant de la seconde guerre mondiale. Par ailleurs l'autopsie n'a rien révélé de particulier.

-- Autrement dit, nous n'avons pas le début d'une preuve, rien qui nous permettrait d'identifier cet homme en dehors des dires de la servante. Pas même un revolver pouvant nous conduire sur une piste.

-- Attendons de voir ce que la scientifique aura découvert.

De nouveau le fax s'anima, le capitaine récupéra le fichier et à voir son visage changer au fil de sa lecture tous comprirent.

– Les relevés d'empreintes n'ont rien donné, juste celles des trois occupants habituels. Même dans la chambre d'amis, rien. Cet homme a fait le ménage et essuyé toutes ses traces dans la maison.

-- Et les assiettes, les verres, les couverts, du repas ? demanda Elouan.

-- Mathilde a fait tourner le lave-vaisselle, elle l'utilise pendant les heures creuses de la nuit. S'ils ont continué à boire, l'un d'eux a pris soin de rajouter les verres dans la machine, de ranger les bouteilles dans le bar. Rien de ce côté-là, non plus.

-- Il nous reste un infime espoir. Nous connaissons son nom et son métier, demain nous ferons le tour des éditeurs. Mais j'ai un gros doute, déclara le capitaine. Cet homme a prémédité son crime et n'a rien laissé au hasard. Serions-nous devant le crime parfait ?

-- Le crime parfait n'existe pas, vous le savez bien capitaine. Tôt ou tard, il se trahira et nous l'aurons.

-- Puissiez-vous avoir raison. J'enrage parce que je vais partir bientôt et que je n'aurai pas la satisfaction de le voir menottes aux poignets. Messieurs, merci de votre aide et à demain.

* * * *

4 *

La brigade retrouva son calme habituel. Le capitaine rejoignit son appartement. Il y vivait seul, son épouse s'étant déjà installée dans la petite maison qu'ils avaient acquise sur l'île de Bréhat. Il se plongea dans le dossier qu'il avait pris avec lui. Avait-il laissé passer un détail, un indice ? Il ne voulait pas prendre sa retraite sur un échec, l'unique de sa longue carrière.

A la relecture des différentes pièces, il se remémora soudain avoir trouvé aux archives, dans les affaires non résolues, une histoire vieille de vingt-cinq ans et en tous points semblables à celle-ci si sa mémoire ne le trahissait pas. Cette faculté de se souvenir de tout lui avait toujours été d'une aide précieuse. Il ressortit, se rendit dans la salle et ouvrit la boite contenant les dossiers des affaires non résolue. La région étant plutôt tranquille, Il n'y en avait que trois qu'il plaça sur le bureau. C'est le dernier qui attira son regard, deux noms étaient inscrits sur la couverture :

– *Gast ar c'hast ! s'exclama-t-il en se laissant tomber sur un siège. Il jurait en breton. Ça alors les victimes sont les parents de nos morts de ce matin, assassinés il y a 25 ans, à la même date, presque jour pour jour.

Il ouvrit la chemise cartonnée ; elle ne contenait que quatre documents :

- Le rapport du chef de la brigade de gendarme rie de l'époque
- Le rapport du légiste
- Le rapport des experts, moins performants que les équipes actuelles mais qui étaient parvenues aux mêmes conclusions aucun indice, aucune empreinte ... Le néant total...*
- Pour finir le témoignage de la servante : Mathilde Bailleux.

-- Tiens, elle était déjà présente et témoin principal, remarqua le capitaine. Voyons ce qu'elle raconte.

Il se mit à lire sa déposition

« Je ne comprends rien à ce qui a pu se passer. Paul-Louis et Constance étaient en voyage de noces à Venise. Madame et Monsieur devant se rendre à Brest, me donnèrent ma journée. Ils me déposèrent chez mon amie Maelle à Tréouergat et continuèrent leur route vers la ville. Ce qu'ils firent ensuite, je n'en sais rien. La neige commençait à tomber tellement dru que mon amie refusa de me laisser partir. J'ai passé la nuit chez elle et ne suis rentrée que vendredi matin pour préparer le petit déjeuner et reprendre mon service. La table étant prête, je suis montée à l'étage pour récupérer le panier de linge dans la salle de bain. Sur le palier, je me suis aperçue que la porte de la chambre était ouverte.

-- C'est bizarre, me suis-je dit. Ils la ferment toujours quand ils s'y trouvent. Je m'en suis approchée et je les ai vus allongés dans une mare de sang. Morts cela ne faisait aucun doute.

----

*Gast ar c'hast ! **Putain de putain en breton**

Dans la maison tout était en ordre, rien n'avait disparu, semblait-il, ni les tableaux de prix, ni l'argenterie et le coffre n'avait pas été ouvert. Il ne manquait qu'une photo de Monsieur, une photo qu'il affectionnait particulièrement sur laquelle il posait avec Paul-Louis, bébé, dans les bras. J'ai aussitôt appelé la gendarmerie. Oh, mais attendez ! Jeudi matin, un jeune homme d'environ 20 ans s'est présenté au Manoir, demandant à parler à Monsieur Charles-Edouard. Je l'ai introduit au salon. Une violente discussion a éclaté mais je n'ai pas bien compris de quoi ils parlaient. Le jeune homme disait que sa mère lui avait laissé une lettre. Monsieur était furieux, il a pris le garçon par le bras, l'a jeté dehors en le menaçant d'aller à la police si l'envie lui prenait de revenir les importuner. Lorsque nous sommes partis, ce garçon avait disparu. Je me souviens que durant le trajet, Monsieur n'a pas arrêté de rager, disant « s'il revient nous ennuyer, j'avertis la police. Mais pour qui il se prend, celui-là. Un bâtard c'est tout ce qu'il est ». Cette fois, je vous ai tout dit »

Il fut impossible de retrouver la moindre piste et l'affaire fut classée dans le dossier des meurtres non élucidés.

Le capitaine se leva, referma la pochette qu'il emporta. Était-il en présence du même assassin ? Certaines similitudes entre les deux meurtres, ne pouvaient être le fruit du hasard. Une vengeance ? Mais de qui et pourquoi ? Pourquoi tuer le père et le fils à 25 ans d'intervalle, presque jour pour jour ? Celui qui avait agi semblait, à n'en pas douter, avoir bien préparé son coup.

-- Demain, j'irai interroger Mathilde. Il est temps de parvenir à une conclusion quelle qu'elle soit et de refermer le dossier. Les preuves ne vont pas jaillir comme cela sur un claquement de doigts. Elouan m'accompagnera et nous essaierons de dresser un portrait-robot de cet invité fantôme.

Il finit par aller se coucher mais dormit d'un sommeil agité, perturbé par toutes les questions qu'il se posait.

Levé aux aurores, il prit une douche qui le revigora, se fit couler un café bien fort et s'installa devant ses dossiers avec toujours cette sensation étrange de passer à côté d'un élément important.

A 8 heures, il rejoignit son bureau

-- Bonjour tout le monde. Envoyez-moi, Le Cann dès qu'il sera arrivé, dit-il

Dix minutes plus tard on frappa à sa porte.

– Entrez, invita-t-il

– Mes respects, mon capitaine ! dit le jeune homme Vous m'avez demandé ?

-- Bonjour Le Cann ! J'ai l'intention de me rendre à la maison de retraite de St Renan pour interroger Mathilde Bailleux et lui faire préciser quelques points de détail qui me chiffonnent.

Il lui expliqua le premier meurtre découvert et la présence comme seul témoin de Mathilde. Cette similitude l'intriguait, il voulait en avoir le cœur net.

-- En effet, il nous faut des précisions sur ce dossier, dit Elouan après avoir parcouru le document.

-- Vous prendrez le portable et le logiciel pour dresser un portrait-robot de cet invité de dernière minute.

-- A vos ordres, mon capitaine. Je prépare le matériel.

-- Je vais prévenir la directrice de notre visite. Départ à 9h 30.

Le lieutenant sorti, le capitaine s'intéressa aux dossiers courants, signa quelques documents. Une lettre en provenance du ministère attira son attention. Elle lui annonçait que sa demande de mise à la retraite était acceptée et serait effective à compter du 1er Mars 2019. Une cérémonie serait organisée ici même en présence de son supérieur le colonel Bertrand.

-- Je m'en serais bien passé, maugréa-t-il.

Il n'aimait pas ce genre de cérémonie mais il devait s'y plier.

9h 30.

Il rejoignit le lieutenant dans la cour de la brigade et ils prirent la direction de St Renan et la maison de retraite, la Résidence « Les Maisons du soleil ».

Prévenue de leur visite, la directrice avertit Mathilde et l'installa dans un coin tranquille du salon.

-- Qu'est-ce qu'ils me veulent encore. J'ai tout dit, je ne vais pas inventer quelque chose pour leur faire plaisir. Elle marmonnait

-- Que dites-vous, interrogea la directrice

-- Rien, rien ...Je parlais à mon bonnet comme le Petit Jean de Molière. Vous connaissez ? Elle se faisait moqueuse.

La responsable eut un haussement d'épaules et s'éloigna. Les gendarmes se présentèrent à l'accueil où elle les attendait.

-- Bonjour Messieurs. Venez, je vais vous conduire. Elle s'arrêta un moment et sur un ton assez bas, les prévint.

--Elle a beaucoup changée et vieillie en peu de temps. Sans doute le contre coup de sa macabre découverte. Elle n'a plus vraiment toute sa tête non plus, répétant toujours les mêmes choses.

-- C'est à dire ? demanda le capitaine

-- Elle parle d'un enfant qu'elle aurait eu dans sa jeunesse, qu'elle l'aurait abandonné et qu'elle serait bientôt la propriétaire d'un château. Ne la brusquez pas, voulez-vous ?

Le capitaine et le lieutenant se regardèrent surpris par ce qu'ils venaient d'entendre.

-- Nous serons attentifs, ne craignez rien. De votre côté, n'hésitez pas à nous prévenir si un fait particulier se produisait. Vous pouvez m'appeler à n'importe quel moment, dit le capitaine en lui tendant sa carte de visite.

-- Comptez sur moi, dit la directrice. Mathilde, les gendarmes sont là. Prenez votre temps.

-- Merci, Madame, fit le capitaine. Bonjour Mathilde, comment allez-vous ?

-- Comment ? dit-elle. Essayez de parler plus fort, je suis un peu sourde.

Gaël Le Floch haussa un peu la voix mais sans crier non plus.

-- Nous ne vous dérangerons pas longtemps. Je voudrais revoir avec vous quelques points de votre déposition pour savoir si tout a bien été noté.

Il fit un rapide résumé de sa déposition pour le second meurtre, lui fit préciser d'autres détails et puis en vint au premier dossier, celui qui l'intéressait le plus.

-- J'ai retrouvé dans les archives de la brigade, un dossier semblable à celui-ci et dans lequel vous êtes aussi le seul témoin.

-- Ah bon, fit-elle surprise. Et quel dossier ?

-- Celui de la mort de Charles -Édouard et Laurentine de Mérieux, il y a vingt-cinq ans.

-- Vingt-cinq ans ? Hou là ! C'est bien loin tout ça.

-- En effet mais comme nous sommes dans la même famille et avec des meurtres semblables, j'aimerais savoir s'il vous reste quelques souvenirs, peut-être un détail que vous auriez oublié de préciser ?

-- Bah, j'en sais rien. Dites toujours mais c'est si vieux.

-- Vous parlez dans votre déposition d'un jeune homme venu voir votre maître la veille de sa mort, qu'ils se sont disputés et que le garçon a été jeté dehors, sans ménagement.

-- Oui, de ça je me rappelle. Monsieur était très en colère.

-- Avez-vous revu cet homme plus tard ?

-- Non, je ne l'ai jamais revu. Il s'est évaporé, disparu comme il était venu. Mais attendez, dit-elle soudain comme si brusquement une éclaircie se faisait dans sa tête. Maintenant que j'y repense, il y a bien cet autre homme venu après la mort des maîtres. C'est M. Paul-Louis qui l'a reçu. Ils ont longtemps discuté puis l'homme est reparti avec un objet que Monsieur lui a confié.

-- Vous souvenez-vous quel était cet objet ?

-- Il me semble que c'était la brosse à cheveux de M. Charles-Edouard.

-- En êtes-vous sûre ? Savez-vous pourquoi Paul-Louis de Mérieux la lui a donnée ?

-- Certaine, dit-elle revêche et pourquoi je n'en sais rien. Elle s'agaçait.

-- Cet homme est-il revenu au Manoir ? Pouvez-vous nous le décrire ?

-- Il devait avoir environ vingt-cinq ans, un peu grassouillet, des cheveux en pétard, légèrement négligé. C'est tout ce dont je me souviens. Nous ne l'avons jamais revu. Avez-vous fini ? Je commence à être fatiguée.

-- Une dernière chose, s'il vous plaît, ce ne sera pas long.

-- Je vous écoute.

-- J'aimerais qu'avec l'aide d'Elouan vous fassiez un portrait-robot de l'invité du soir du meurtre. Je ne pense pas que vous vous souveniez du premier.

-- Oh non ! Le premier c'est trop loin et je ne l'ai pas vu vraiment. Pour le second oui puisque j'ai dîné avec eux, j'ai eu tout le temps de l'observer.

Le lieutenant ouvrit son portable, mit en place le logiciel et sur les indications de Mathilde, dressa un portrait de l'invité d'un soir. La vieille dame sembla s'amuser beaucoup, oubliant sa fatigue, rectifiant la couleur des yeux, puis les cheveux, la forme du visage... Bref, une petite récréation dans son quotidien banal.

-- C'est exactement ça. Bravo, jeune homme, vous êtes un bon dessinateur. En avons-nous terminé ? demanda-t-elle

-- Oui, Madame et vous nous avez été d'un grand secours pour la poursuite de notre enquête et la découverte de l'assassin.

-- Vous m'en voyez ravie. Pouvez-dire à la directrice que j'aimerais regagner ma chambre. Au revoir, messieurs

-- Au revoir Mathilde et prenez soin de vous.

Elle les regarda s'éloigner, un éclair malicieux s'était allumé dans ses yeux et un large sourire étirait les coins de sa bouche.

-- Je vous souhaite bien du courage et une grande réussite, murmura-t-elle.

* * * *

Vendredi 1e Mars 2019

Toute la brigade en grande tenue était alignée dans la cour. Le colonel Bertrand arriva et commença son discours. Après le rappel de la brillante carrière du capitaine Le Floch, les compliments d'usage, il lui remit la médaille de la Gendarmerie Nationale. Un pot fut offert à tous les présents et le colonel repartit rapidement.

-- Bon, voilà une bonne chose de faite. Retournons à notre quotidien et n'oubliez pas que nous faisons la fête ce soir. Je vous laisse, je vais à Brest chercher mon remplaçant.

-- A plus tard Capitaine et prenez votre temps.

* * * *

La journée s'acheva dans la bonne humeur. Ses collègues avaient décoré la cour, aligné de grandes tables et préparé un barbecue gargantuesque. Les habitants du village avaient apporté leur contribution et étaient venus nombreux fêter cet homme qu'ils appréciaient pour sa gentillesse, sa compétence et son humanité. Le capitaine était revenu avec son remplaçant ou plutôt sa remplaçante.

-- Je vous présente le Lieutenant Sarah Morvan, votre commandant à compter d'aujourd'hui.

C'était une belle jeune femme d'une trentaine d'années qui effectuerait ici son premier commandement. Elle était simple et la brigade l'adopta aussitôt.

Après la remise des cadeaux et un petit discours à l'intention de ses amis, Gaël Le Floch s'éloigna un peu de la fête. Il regarda cette caserne où il avait passé des jours agréables avec pourtant un regret, celui de ne pas avoir résolu l'énigme du meurtre des époux de Mérieux.

Mais comme il ne se résignait pas à cet échec, il avait photocopié les deux dossiers et comptait bien les étudier encore, au calme dans son île.

* * * *

5*

Nathan Moal gara sa voiture dans le parking souterrain et rejoignit à pied son bureau de la rue de
Siam. Il resta un moment à contempler l'enseigne
qui disait « Aux marches du passé » avec son nom
et son prénom suivi de sa qualification de Généalogiste ; tout cela écrit en lettres moyenâgeuses, avec
la première enluminée. Le peintre qui avait réalisé
ce panneau était un artiste de talent et souvent, assis à son bureau, le jeune homme voyait les ba-
dauds lever la tête et reculer pour mieux apprécier
ce décor. Il traversa la rue et ouvrit rapidement le
rideau découvrant une devanture à l'ancienne avec
un soubassement en bois, une petite vitrine dans
laquelle il avait installé un chevalet supportant la
reproduction d'un arbre généalogique du quin-
zième siècle, très coloré et enluminé lui aussi. Il
avait disposé à son pied des livres traitant de la généalogie, quelques vieilles photos ainsi que des co-
pies de documents anciens. Une plante verte dans
le coin gauche de la vitrine complétait l'ensemble.

Il était fier de ce qu'il avait créé. Bien que pas très grande son officine comptait tout ce dont il avait besoin pour un travail productif : une première pièce aux couleurs chaudes et apaisantes avec un bureau, un ordinateur, des fauteuils pour les clients, une armoire pour ses dossiers, quelques tableaux. A l'arrière du local, une petite salle d'eau, des toilettes et une pièce qui lui servait de cuisine et de salle de repos quand il ne rentrait pas le midi ce qui lui arrivait souvent. Il y avait installé un divan et un téléviseur.

Il fit un rapide tour des lieux pour s'assurer que tout était en ordre. Il était flatté aussi d'avoir été contacté par Ouest France pour animer une rubrique hebdomadaire sur cette engouement pour la généalogie qui conduisait les lecteurs sur le chemin de leurs origines. Il répondait à des questions posées, donnait des conseils et accompagnait ceux qui le souhaitaient. Sa vie professionnelle prenait une autre dimension.

Il récupéra le courrier et s'assit à son bureau. Il resta un moment songeur à se remémorer son parcours.

Après avoir obtenu son bac avec mention, il avait intégré l'Université de Brest où il avait préparé et obtenu une licence d'histoire.

A l'occasion d'une conférence sur la descendance des rois de France, il avait découvert la généalogie. Très intéressé, il avait fait des recherches et compris les débouchés offerts par ce métier. A la fois détective et chercheur, il devenait aussi découvreur. Remonter le temps, trouver les chemins d'une vie, comprendre les métiers, les noms, l'écriture des actes qu'il fallait parfois déchiffrer parce qu'écrits en vieux français, était pour lui un plaisir à chaque fois renouvelé. Il ne s'en lassait pas ne pouvant espérer mieux pour débuter sa vie professionnelle que vivre sa passion et en vivre.

Et aujourd'hui il était particulièrement excité. Depuis deux mois il travaillait pour une famille de Brest qui l'avait chargé de dresser leur arbre généalogique en remontant le plus loin possible dans le temps à la recherche de leurs racines.

Chaque fois c'était pour lui la même émotion. Avant d'ouvrir les lettres reçues en réponse à ses demandes d'actes, il sentait son cœur s'accélérer.

Qu'allait-il découvrir ? Allait-il progresser dans ses recherches ? Aurait-il des indices lui permettant d'aller plus avant ? Il avait étalé sur le bureau les lettres attendues. Elles provenaient des différentes mairies auxquelles il avait adressé ses trois demandes : un acte de naissance, un acte de mariage et un certificat de décès. Il ouvrit avec précaution chaque enveloppe, en sortit les papiers qu'elle contenait et les disposa devant lui. Il allait commencer à les lire pour ensuite les classer avant de les étudier un par un et les entrer dans son ordinateur lorsque le téléphone sonna.

-- Nathan Moal, que puis-je pour vous ? interrogea-t-il

-- Bonjour Nathan, Maître Lequellec, répondit son correspondant.

-- Bonjour, Maître ! Comment allez-vous ?

-- Très bien, merci ! Nathan, j'aurais besoin de vos services pour une succession apparemment sans héritiers. Pouvez-vous passer à l'étude le plus rapidement possible ?

-- Je n'ai aucun rendez-vous ce matin, je peux venir maintenant si vous le souhaitez.

-- Parfait, répondit le notaire, je vous attends.

-- A tout de suite.

Nathan rangea le courrier reçu dans la pochette de destination, ferma le bureau et descendit la rue de Siam pour se rendre à pied chez Maître Lequellec, rue de l'Aiguillon. Le trajet n'était pas très long, le temps était au beau après un mois de Février gris et neigeux.

Il sonna et la réceptionniste vint lui ouvrit.

-- Bonjour Sophie, dit Nathan.

-- Bonjour Nathan ! Maître Lequellec vous attend, dit-elle en l'invitant à entrer.

Elle se conduisit jusqu'à un bureau, frappa, ouvrit la porte et annonça

-- Nathan est là, Maître

-- Qu'il entre, répondit une voix grave et chaleureuse.

Le notaire s'avança vers lui. C'était un homme d'une soixantaine d'années, de taille moyenne, quelque peu enveloppé au fil des ans et du confort matériel que sa profession lui offrait. Il avait un visage rebondi qui respirait la joie de vivre et la bonté.

Il le fit asseoir.

-- Je vous ai appelé parce que je vais avoir besoin de vos talents de généalogiste.

-- Gwen est absente ? demanda Nathan

-- Oui, pour trois mois encore. Elle vient d'accoucher d'une jolie petite fille et prend un court congé parental.

-- Félicitations, elle doit être aux anges et vous aussi.

-- C'est un bonheur de tous les instants. *Gwen était sa fille. Elle avait fait des études pour être notaire successoral. C'était elle qui se chargeait habituellement de rechercher d'éventuels héritiers.* Vous et moi avons souvent travaillé ensemble durant vos différents stages et je connais votre rigueur et votre savoir-faire.

-- Merci, Maître. Ce sera un réel plaisir de vous rendre service.

-- Je vous explique. En février deux personnes bien connues à Lanrivoaré ont été retrouvées mortes, assassinées dans leur maison. La police a mené son enquête qui n'a rien donné. Rien n'a disparu du Manoir si ce n'est un album photos et le manuscrit d'un livre écrit par Paul-Louis de Mérieux, une des deux victimes, l'autre étant sa femme. L'affaire vient d'être classée dans les crimes non élucidés. Ces personnes disparaissent sans avoir d'héritiers directs et semble-t-il, sans plus aucune famille.

-- Qu'attendez-vous de moi, demanda Nathan ? Que je fasse des recherches plus poussées ?

-- Oui, une recherche généalogique avant que l'état, en l'occurrence ici la mairie, ne devienne propriétaire de tous leurs biens. Voilà, dit-il en lui tendant un dossier et un trousseau de clés, vous y trouverez tous les renseignements nécessaires ainsi que les différents papiers saisis par les gendarmes, les clés sont celles du Manoir. Les de Mérieux étaient mes clients et n'avaient pas encore fait de testament.

-- Très bien, Maître, je m'y intéresse tout de suite et je vous tiens au courant de mes avancées.

Nathan s'était levé. Intérieurement, il trépignait. Enfin quelque chose d'encore plus passionnant. Les deux hommes se serrèrent la main.

Le jeune homme reprit le chemin de son bureau. Il consulta le dossier, notant tout ce qui lui sembla important. Après quelques heures d'un travail minutieux, il décida de se rendre au Manoir.

* * * *

Il frissonna en franchissant le seuil. La maison était glaciale, un silence sépulcral y régnait. Il lui sembla entendre des gémissements, des pleurs. La mort avait pris possession des lieux, les enserrant dans une chape de plomb. Ses pas résonnèrent lugubrement dans cette atmosphère pesante. Il se secoua

Allons, dit-il. Essayons d'en finir rapidement.

En priorité il chercha un bureau. Si d'autres papiers existaient, c'est là qu'ils seraient conservés. Il poussa plusieurs portes et finit par trouver ce qu'il espérait : une vaste pièce avec une bibliothèque sur tout un pan de mur garnie de livres anciens aux magnifiques reliures, un bureau de style napoléonien, trois fauteuils de même facture et un chiffonnier ou semainier style Napoléon III en marqueterie. Un meuble magnifique. Il connaissait ce genre de meuble qui souvent cachait un compartiment secret. Il ouvrit la partie secrétaire et découvrit deux tiroirs.

Dans le premier qu'il ouvrit quelques photos de famille ; le second était vide mais en appuyant à un endroit précis, le fond s'ouvrit laissant apparaître un manuscrit intitulé « L'enfant du péché » et d'une enveloppe cachetée. Il rangea le tout dans sa sacoche. Après deux bonnes heures de recherches sans aucun autre résultat, il décida de quitter ce lieu angoissant et de rentrer afin d'étudier ses trouvailles.

De retour à son bureau, il s'empressa d'ouvrir la lettre. Elle était signée Paul-Louis de Mérieux, l'une des victimes. D'une écriture fine et élégante, Il écrivait ceci :

« Il est un mystère dans cette famille dont personne n'a jamais parlé et dont j'ignore si ce qu'on m'en a dit est vrai ou si c'est une légende. Ce secret de famille prétend que mon père aurait engrossé une servante puis qu'il l'aurait chassée sans aucun état d'âme, quelques mois avant ma naissance. Cette histoire me laisse supposer que quelque part dans le pays vit un enfant, devenu un homme ou une femme, et que j'ai peut-être un demi-frère ou une demi sœur. Est-ce cet homme venu me voir trois ans après la mort de mon père ? Il me raconta son histoire, me montra une lettre et me demanda l'autorisation de faire un test ADN. Bien que réticent, j'ai accepté. Je lui ai remis la brosse à cheveux de Père et je n'ai plus jamais eu de ses nouvelles. Je ne connais même pas son nom. Que cherchait-il ? Qu'espérais-je de lui ? Qu'il revienne en me disant « nous sommes frères » ? Sans doute ! J'ai été léger dans cette histoire, encore sous le choc de la mort tragique de mes parents. La seule qui pourrait avoir eu écho de cet épisode et qui pourrait me dire la vérité, c'est Mathilde. Mais elle prétend ne rien savoir puisqu'elle est arrivée au Manoir avec Constance que je venais d'épouser. Ces faits avérés ou pas m'ont inspiré ce livre que j'ai intitulé « L'enfant du pêché ». Bien sûr ce que j'y décris est né de mon imagination et aussi peut être de mon désir de connaître ce frère ou cette sœur. Ma vie aurait été sans doute différente avec un compagnon pour mes jeux d'enfant, mes soirées d'adolescent, mes épreuves d'homme et cela me fait penser à la belle chanson de Maxime Le forestier : « Mon frère ». Cette énigme est-elle la cause du meurtre de mes parents ? Le saura-t-on un jour ? Pourquoi est-ce que j'écris cette lettre ? Pourquoi est-ce que je la cache avec cette copie de mon manuscrit ? Je n'en sais rien moi-même. Peut-être pour continuer à préserver ce mystérieux secret.

Lanrivoaré, le 31 janvier 2018

Paul-Louis de Mérieux »

– Ses parents assassinés tout comme eux ? Ça alors ! Je vais demander des explications au notaire demain, se dit Nathan. Et puis... Non, réflexion faite je contacterai le capitaine de gendarmerie chargé de l'enquête qui pourra me donner plus de renseignements.

Surpris par le contenu de la lettre, Nathan décida de rentrer pour commencer la lecture du manuscrit. Il récupéra sa voiture et rejoignit son appartement au dernier étage d'un petit immeuble moderne situé à l'extérieur de Brest, dans une résidence calme et coquette. Ce n'était pas le grand luxe mais il lui convenait parfaitement. Il était un homme simple, se contentant de ce qu'il fallait pour vivre bien sans chercher à éblouir ses amis ou ses connaissances. Il souhaitait avant tout la tranquillité.

Après avoir dîné rapidement d'un sandwich, il s'installa confortablement sur le divan, mis un disque d'ambiance, fond sonore apaisant et commença sa lecture. L'auteur y parlait à la troisième personne et racontait une histoire comme il en arrivait souvent au 19e siècle lorsque les maîtres n'hésitaient pas à chercher auprès des servantes les plaisirs de l'amour qu'ils ne pouvaient avoir avec leurs épouses. Son histoire se déroulait vers la fin des années soixante et avait pour cadre la maison d'un petit noble de province.

Nathan ne leva pas le nez du récit jusqu'à tard dans la nuit. Il était captivé par le roman. L'intrigue était simple, même banale mais ce qui faisait son intérêt c'était l'écriture. L'auteur trouvait les mots justes ou précis, le lecteur passait de la cruauté d'un maître autoritaire à la détresse d'une toute jeune femme rejetée par cet homme comme une vulgaire fille des rues. La tendresse, l'amour d'une mère pour cet enfant, la difficulté à l'élever seule, la mort brutale qui frappe au hasard et laisse un pauvre garçon de dix ans orphelin. S'en suivent pour lui les années d'orphelinat, les familles d'accueil pas toujours bien disposées envers ces petits naufragés de la vie. Puis la recherche de ce frère dont il connaît l'existence. Enfin la rencontre de deux êtres liés par les liens du sang mais qui n'ont rien en commun. Un véritable crève-cœur pour le fils officiel qui ne parviendra pas malgré tout l'amour qu'il essaie de lui donner à calmer la colère de son frère. Trop de souffrance accumulée, de rancœur aussi.

Nathan n'avait pas pu lâcher le livre avant la fin.

Quel dommage que son auteur n'ait pas pu le publier. Il aurait eu du succès. C'est une histoire poignante et belle, très bien écrite qui plus est.

Mercredi 13 Mars 2019
20 h

Nathan regagna son appartement, après avoir rendu les clefs du Manoir à Me Lequellec. Il lui expliqua ses recherches dans le Manoir qui n'avaient abouti à rien, comme si ces deux familles avaient été rayées de la surface de la Terre. Que ce soit pour la famille de Constance ou pour celle de Paul-Louis, pas de descendance, pas de frère, de sœur, de cousins ou de cousines. Il n'avait trouvé aucun document pouvant le conduire sur une piste quelconque. Un vide sidéral.

Il n'avait pas été nécessaire de remonter à la sixième génération. C'était la première fois depuis qu'il exerçait ce métier qu'il ne retrouvait personne. Malgré tout, il était content d'en avoir terminé avec cette macabre affaire. Cependant il avait gardé par devers lui la lettre et le manuscrit trouvés dans le semainier. Il n'en avait pas dit un mot et réfléchissait pour trouver une raison valable mais aucune ne lui venait à l'esprit.

Je verrai bien, se dit-il. Ce manuscrit est magnifique. Je ne lèse personne en le gardant. Peut-être pourrai-je le faire publier comme œuvre posthume et unique de son auteur. Bon je verrai en temps utile. Il faut que je me dépêche.

Il prit une douche, avala un reste de pizza et s'installa sur le canapé. Il ne voulait pas rater le début de cette émission qu'il appréciait particulièrement. Il alluma le téléviseur à l'instant où le générique s'achevait. Sur l'écran l'animateur, François Busnel, salua les téléspectateurs d'un « Bonsoir et bienvenue dans La Grande Librairie. »

Il présenta ses invités, des auteurs très connus. Étaient présents Marc Lévy venu parler de son dernier roman « Ghost in love », Christian Signol pour « Même les arbres s'en souviennent » Et Jessica Thivenin pour « C'est tout moi ! ». Nathan les écoutait parler avec passion de la naissance de l'histoire, de la difficulté parfois d'écrire, de l'angoisse de la page blanche.

Je lirai bien Signol, j'aime son écriture, son terroir qu'il décrit si bien, se dit-il

« Nous arrivons à la fin de l'émission, dit François Busnel, mais je voudrais vous présenter un dernier auteur. »

Il se leva, se dirigea vers l'arrière du décor et revint avec un homme d'une cinquantaine d'années.

– Je vous présente, Gaëtan Fourvières, auteur d'un premier roman « L'enfant du péché », dit-il en montrant le livre à la caméra.

Grand, des cheveux grisonnants impeccablement coiffés, un regard bleu acier que Nathan trouva glacial et glaçant, sans aucune lueur, aucune étincelle de joie, de bonheur. Costume bleu nuit d'une coupe parfaite, chemise et cravate assorties, il émanait de sa personne de la suffisance. Arborant un sourire de circonstance, il salua les autres invités d'un léger signe de tête.

Le jeune homme qui avait sursauté en entendant le nom du bouquin, se redressa sur le divan, toute son attention tendue vers la suite de l'interview. Répondant aux questions de François Busnel, l'auteur fit un résumé de l'intrigue du livre. En l'écoutant, Nathan retrouvait des scènes, des situations décrites dans le manuscrit en sa possession, avec les mêmes mots, les mêmes phrases. Coïncidence ? Vol ? Plagiat ? Il se souvint que la servante avait signalé aux gendarmes la disparition d'un projet de roman.

-- Serez-vous au salon du livre cette année, demanda l'animateur.

-- Naturellement, répondit l'auteur. Je serai au stand de mon éditeur samedi matin de 9h à 12h pour une séance de dédicaces.

-- J'y serai aussi, dit Nathan et il faudra bien que vous me donniez quelques explications, M. Gaëtan Fourvières ou qui que vous soyez d'autre.

* * * *

Par internet, il réserva sa place dans le premier train, loua une chambre d'hôtel, demanda au journaliste de garde au journal de lui envoyer une accréditation par mail, prépara un sac de voyage puis finit par aller se coucher.

* * * *

6*

Immobile sur un quai de la gare Montparnasse, Nathan regardait disparaître dans la foule des passagers se hâtant vers la sortie, une silhouette fine et élégante.

La reverrai-je ? se demandait-il

Il avait découvert cette beauté en pénétrant dans le wagon qu'elle occupait. La première chose qui l'avait frappé, ce fut la couleur de ses longs cheveux étalés en boucles sur ses épaules, un blond vénitien aux reflets dorés qui ne devait rien à une teinture. Un teint clair parsemé de quelques taches de rousseur, des yeux verts comme seules en ont les vraies rousses. Dès le premier regard, il s'y était noyé. Elle avait foudroyé son cœur et il s'interrogeait sur une hypothétique rencontre au salon du livre. Qu'importe, elle habitait non loin de Brest et elle travaillait quelquefois pour Ouest France, comme lui. Si le destin ne s'en mêlait pas, il le forcerait.

Il prit place dans la file d'attente des taxis, son esprit toujours occupé par des yeux d'émeraude. Il se fit conduire à son hôtel, s'installa dans la chambre réservée la veille puis ressortit. Il flâna un moment dans le quartier, l'air avait une douceur particulière ce soir, son cœur battait plus vite et une mélodie tournait dans sa tête : « J'ai encore rêvé d'elle, elle est faite pour moi... ».

Il trouva un restaurant à l'aspect accueillant, une petite salle joliment décorée, des clients peu nombreux mais discrets, pas de conversations bruyantes, pas d'éclats de rire forcés ou tonitruants. Une atmosphère calme et feutrée qui lui plut ; il y mangea fort bien, servi par une charmante jeune femme souriante et attentive à ses clients.

Je reviendrai, se dit-il en réglant une note très convenable pour le repas choisi. J'y amènerai Solenn demain si nos routes se croisent et si elle accepte.

Il regagna sa chambre, demanda qu'on le réveille à huit heures et monta se coucher. Il avait décidé de consacrer sa journée de vendredi aux visites des différents stands de généalogie, de visiter quelques grands éditeurs et de repérer celui où l'écrivain Gaëtan Fourvières dédicacerait son livre.

Vendredi matin 15 Mars 2019

Comme convenu, le concierge le réveilla à huit heures. Douché, habillé, il descendit prendre son petit déjeuner. Il était affamé. Il adorait ce moment très spécial qui commençait la journée. Chez lui, c'était une tasse de café, une tranche de pain grillé ou une biscotte, le plus souvent debout devant la fenêtre de la cuisine ou appuyé à la rambarde du balcon. Quand le temps était au beau il pouvait admirer le réveil de l'océan dans les premiers rais de lumière. Il savourait cet instant qui le préparait à un jour de travail, de découvertes. Aujourd'hui, il allait se faire servir et il appréciait aussi ce moment. Au garçon qui s'approcha, il commanda :

-- Un complet, s'il vous plaît

-- Bien, Monsieur, dit le serveur. Thé, chocolat, café ?

-- Du café et une orange pressée, s'il vous plaît !

-- Je vous apporte tout ça.

-- Merci, répondit le jeune homme

Il fit le tour de la salle d'un rapide coup d'œil. Les clients attablés se hâtaient de terminer, se levaient et disparaissaient déjà happés par le tourbillon de leur journée. Nathan avait décidé de prendre tout son temps, le salon n'ouvrant qu'à neuf heures, il était inutile de se presser. Le serveur revenait avec un grand plateau et installa devant lui, un œuf bacon, des croissants, du beurre, de la confiture, une orange pressée et une grande tasse dans laquelle fumait un café au parfum subtil.

-- Voilà ! Avez-vous besoin d'autre chose ? s'enquit le serveur avec un sourire malicieux

-- C'est parfait, répondit Nathan. Je vous remercie.

Son repas terminé, il remonta dans sa chambre, récupéra sa sacoche, vérifia qu'elle contenait tout ce dont il aurait besoin et sortit. Il gagna à pieds le Parc des Expositions. Une longue file de visiteurs attendait l'ouverture des portes. Il y prit place non sans avoir cherché du regard une chevelure blond vénitien mais rien de semblable parmi les personnes présentes. Il soupira.

A l'ouverture des portes, il fila tout droit vers le stand des généalogistes, espérant être dans les premiers. Trois personnes circulaient parmi les rayonnages et le responsable était libre. Il se présenta, demanda des renseignements sur les livres, les derniers logiciels et acheta deux titres qui lui manquaient. Sa partie professionnelle accomplie, il déambula dans le salon. Cette année, le Sultanat d'Oman en était l'invité d'honneur. Il s'y arrêta pour faire connaissance avec une littérature inconnue et très riche. Il y resta un long moment surpris par ses découvertes. Il poursuivit sa promenade parmi les différents stands, remarquant ici ou là des ouvrages qui éveillèrent sa curiosité et lui parurent dignes d'être lus. Il nota quelques titres qu'il achèterait plus tard, ne voulant pas se charger pour son retour à Brest.

Il parvint enfin devant le stand d'Arabesque Éditions, là où Gaëtan Fourvières dédicacerait son livre, une grande affiche annonçant l'événement. Il fit un tour à l'intérieur où presque tout tournait autour de « L'enfant du péché » à croire qu'ils n'avaient que ce titre à promouvoir. Il était midi lorsqu'il sortit du salon. Ayant trouvé ce qu'il voulait, il regagna son hôtel, déposa les livres dans sa valise, rangea sa sacoche, mit ses papiers et son portable dans la poche intérieure de sa veste. Il décida de mettre à profit son après-midi de liberté pour se promener dans Paris. Il acheta un sandwich, un beignet aux pommes et une boisson dans une boulangerie voisine. Il prit le métro et gagna le cœur de Paris. Il s'installa en bord de Seine pour déjeuner. Les pigeons se risquaient jusqu'à ses pieds pour quémander quelques miettes de son pain qu'il partagea volontiers avec eux s'amusant du ballet aérien de ces oiseaux effrontés.

* * * *

7*

Samedi 16 mars 2019
10h – Hall n°4

Nathan se présenta à l'ouverture des portes et fila aussitôt chez Arabesques Éditions. Il voulait arriver avant la foule des admirateurs afin d'étudier le personnage. Il souhaitait confirmer ce sentiment bizarre qu'il avait éprouvé lors de son passage à la télé. Il trouva un endroit en retrait d'où il pouvait observer sans être vu.

Gaëtan Fourvières, l'auteur, arriva et s'installa à une table sur laquelle attendait une pile de son ouvrage. Une file d'attente s'était formée et discutait de l'intrigue du livre. L'homme était en tous points semblable à celui qu'il avait découvert à l'émission de mercredi. La cinquantaine, les tempes grisonnantes, et ce même regard bleu, glacial, sans émotion. Il remarqua que s'il souriait parfois à la remarque ou au compliment d'un lecteur, ce sourire n'atteignait jamais ses yeux. Ils restaient vides de tout sentiment. Il portait avec élégance un superbe costume gris impeccablement taillé. Un bel homme à n'en pas douter mais qui paraissait dur sans empathie pour qui ou quoi que ce soit. Les premiers admirateurs partis, Nathan se plaça devant la table et lui tendit le livre ouvert.

-- A qui dois-je le dédicacer ? demanda l'écrivain sans regarder son lecteur.

-- A Nathan, répondit ce dernier. J'ai beaucoup aimé votre histoire qui m'a bouleversé.

-- Vous m'en voyez ravi, soupira-t-il. Il leva les yeux et lança un regard vers cet admirateur.

Nathan lui adressa un grand sourire et dit

-- Puis-je formuler une requête ?

-- Tout dépendra de votre demande. Dites toujours.

Gaëtan Fourvières avait posé son stylo et fixait son interlocuteur en s'interrogeant sur ce que ce simple lecteur souhaitait vraiment.

-- Je suis généalogiste de métier mais aussi journaliste. Je travaille à Brest pour Ouest France. Mon rédacteur en chef, sachant que je venais au salon, m'a demandé de vous interviewer si vous avez un peu de temps à m'accorder

-- Ouest France, dites-vous. Pourquoi pas. Voyez avec mon attaché de presse. Il pourra vous dire mieux que moi si c'est possible et quand. Il gère mon agenda.

Se levant de sa chaise, il lui tendit la main et se retira à l'arrière du stand. La séance de dédicaces était terminée.

– Un attaché de presse, se dit Nathan. Monsieur a déjà pris la grosse tête, Monsieur est une star. C'est bien l'impression que j'ai eue en le voyant à la télé. La modestie n'est pas sa première qualité.

Nathan le remercia encore et se rapprocha de la personne qui lui avait été désignée. C'était un petit homme rondouillard, un peu rougeaud, boudiné dans un costume violine du plus mauvais effet et dont les boutons de la veste menaçaient d'exploser au moindre mouvement.

-- *Comment cet homme qui paraît si raffiné peut-il accepter un tel personnage auprès de lui ? Pour quelqu'un qui se prend pour une vedette, ça marque mal.*

Il interpella l'attaché de presse qui commençait à ranger la pile de livres.

-- Bonjour, Monsieur !

-- Bonjour, répondit l'homme.

-- J'ai sollicité un entretien avec votre auteur qui m'a dit de voir avec vous. Je travaille pour Ouest France, dit Nathan, en lui montrant son accréditation. Je suis libre aujourd'hui et demain.

-- Je vais voir, répondit l'agent. Il sortit son smartphone, pianota un moment puis : nous avons un créneau demain à onze heures si cela vous convient.

-- Ce sera parfait.

-- Bien. Nous disons donc Monsieur... ?

-- Nathan Moal !

-- Nathan Moal, journaliste à Ouest France. Il entrait ces renseignements dans son téléphone. Rendez-vous à l'hôtel Ibis de Montmartre, rue Caulaincourt, à onze heures. Demandez Nicolas Langlois. Il lui tendit une carte. Soyez à l'heure. A demain

-- Je vous remercie, répondit Nathan. A demain. *Pas qu'un peu imbu de sa personne, l'attaché de presse. Mais où l'auteur a-t-il été chercher pareil spécimen ?*

Il s'éloigna dans l'allée. Gaëtan Fourvières revint de l'arrière du stand et murmura à l'oreille de Nicolas

-- Tu me vérifies tout de suite son accréditation à Ouest France. Je ne le sens pas trop ce bonhomme. J'ai l'impression qu'il fouine.

-- Garde ton calme. Personne ne trouvera rien. Bon, j'appelle et je reviens.

* * * *

8*

Nathan déambulait tranquillement d'un exposant à l'autre lorsqu'il sentit une main se poser sur son épaule. Il se retourna, Solenn se tenait face à lui toujours aussi belle. Elle portait un élégant tailleur en fin lainage d'un rose très pâle qui mettait en valeur sa silhouette. Son cœur bondit dans sa poitrine si fort qu'elle devait l'entendre battre.

-- Bonjour, Nathan, dit-elle de sa voix chantante. Comment allez-vous depuis notre rencontre ?

-- Très bien et vous ?

-- Très bien aussi. Avez-vous pu obtenir un rendez-vous avec la star du jour, dit-elle, moqueuse.

-- Oui ! Nous devons nous rencontrer demain à onze heures à son hôtel. Et pour vous ? Satisfaite ?

-- Assez. J'ai pu converser en particulier avec des éditeurs étrangers à qui j'ai laissé ma carte à tout hasard. Sait-on jamais. L'espoir fait vivre.

-- Avez-vous terminé votre visite ?

-- Oui, j'ai vu tout ce qui m'intéressait et j'avoue que je commence à fatiguer. Ce salon est immense et mes pauvres pieds aimeraient bien que je trouve une chaise pour ne plus me porter ou me supporter.

Ils rirent tous les deux de sa boutade.

-- C'est vrai qu'il est vaste et maintenant un peu plus bruyant. Êtes-vous libre ? Puis-je vous inviter à déjeuner ?

-- Je suis libre et j'accepte volontiers votre invitation.

-- J'ai découvert, non loin d'ici, un petit restaurant qui ne paye pas de mine. Mais une fois la porte franchie, c'est un endroit magique. Venez ! Vos pieds acceptent-ils de faire encore quelques centaines de mètres ou voulez-vous un taxi ?

-- Non, je pense qu'ils pourront me supporter jusque-là. Si je m'écroule, vous me porterez, en gentleman que vous êtes.

De nouveau un éclat de rire les unit. Il lui prit le bras et ils s'éloignèrent du hall d'exposition comme deux gamins insouciants.

Solenn et Nathan choisirent une table un peu en retrait du reste de la salle et se laissèrent tomber sur leur siège avec un soupir de satisfaction.

-- Il était temps que nous arrivions. J'ai pendant un moment pensé m'asseoir sur le trottoir et n'en plus bouger. Mais pourquoi ai-je mis ces échasses au lieu d'adopter de bonnes chaussures de marche solides et confortables ?

-- Parce que vous deviez vous présenter sous vos meilleurs aspects, répondit Nathan

-- Vous avez raison. Un aspect attrayant, une tenue élégante se remarquent aussitôt et permettent d'engager le dialogue plus facilement.

La serveuse s'approchait, cartes des menus en main. Elle leur en présenta un chacun et leur proposa un apéritif.

-- J'ai très soif, dit Solenn. Avez-vous des cocktails sans alcool ?

-- Certainement. Fruits exotiques ou fruits du verger ? demanda-t-elle

-- Fruits exotiques, s'il vous plaît.

-- Et pour, Monsieur ? Elle notait tout sur son petit carnet

-- Une bière pression bien fraîche, une blonde avec un joli collier de mousse, précisa le jeune homme, heureux de voir son invitée sourire à sa demande.

-- Je reviens. Prenez le temps de consulter le menu. Je vous recommande aujourd'hui nos petits farcis de Provence.

Elle s'éloigna, s'arrêta un instant au bar pour passer la commande de ses clients. Le barman s'activa et elle revint bientôt avec un plateau chargé d'un verre ourlé d'une guirlande de grains de sucre, une rondelle de citron vert et d'une petite ombrelle qu'elle plaça devant la jeune femme. Les différents jus de fruits ne se mélangeaient pas, formant des bandes colorées du plus bel effet. Pour Nathan, une bière-pression bien mousseuse dans laquelle il trempa ses lèvres avec ravissement.

-- Avez-vous fait votre choix, demanda-t-elle, en ressortant son petit carnet.

-- Oui, dirent-ils d'une même voix, situation qui les fit rire de nouveau.

-- Je vous écoute. Pour Madame ce sera :

-- Le menu provençal avec le clafoutis tomate, poivrons et mozza, les petits farcis.

-- Et pour Monsieur ?

-- La même chose.

-- Prendrez-vous du vin ?

-- Un Bandol rosé bien frais.

-- Et une carafe d'eau, s'il vous plaît

-- Merci Madame, Monsieur. Je me nomme Sylvia et j'assurerai votre service. Je vous souhaite bon appétit. Elle avait récupéré les menus et s'éloignait vers les cuisines.

Les deux jeunes gens se regardèrent un long moment, encore surpris de ce choix identique.

-- Pour les bretons que nous sommes, choisir un menu provençal est une trahison, fit remarquer Nathan

Solenn se mit à rire de son joli rire cristallin

-- Une trahison qui sera punie sévèrement, répliqua-t-elle. Nous serons privés de kouign-amann pendant au moins une semaine, garnements que nous sommes.

La bonne humeur régnait entre eux, chaleureuse, franche. Leurs yeux se parlaient, ils se sentaient bien ensemble.

Ils discutèrent de leur parcours professionnel, de leur vie sociale, dirent leurs espérances pour le futur. Puis la conversation s'orienta vers leur vie affective, leurs amours. La jeune femme se fit moins bavarde, semblant vouloir éviter de parler de sentiments. Son sourire se fit moins éclatant, ses yeux s'assombrirent. Nathan qui avait remarqué ce changement d'attitude, lui prit les mains et murmura en se penchant vers elle :

-- Souvenirs douloureux ?

-- Très douloureux ! souffla-t-elle. Je m'excuse.

-- Je comprends, ne vous excusez pas.

Puis comme la serveuse disposait devant eux le clafoutis tomates, poivrons, mozza fleurant bon la Provence, il déclara sur un ton solennel, la main sur le cœur :

-- Gente et belle dame, nos pêchés sont arrivés. Bretagne, ma belle, pardon mais ça me paraît tellement bon.

Regardant Solenn qui osait un timide sourire, il poursuivit

-- Du soleil dans nos assiettes en lieu et place de notre crachin breton.

Et la jeune fille se mit à rire franchement sur cette dernière boutade

-- Yes ! I'm the best, souffla-t-il à Sylvia qui leur apportait les petits farcis. Elle a ri.

La serveuse prise à témoin leur adressa un regard complice.

-- Il doit être un peu fou, dit Solenn.

Ils terminèrent leur repas par une tarte au citron meringuée et un café. Solenn avait retrouvé sa bonne humeur et son merveilleux sourire. Ils se levèrent pour sortir et la gentille serveuse les accompagna jusqu'à la porte,

-- Passez un bon après-midi et revenez nous voir bientôt, leur souhaita-telle.

-- Avec grand plaisir, répondirent-ils en chœur.

Il faisait doux et le ciel était dégagé. Il lui prit la main

-- Vous avez encore un peu de temps à m'accorder ? demanda-t-il

Comme elle acquiesçait d'un signe de tête, il l'entraîna vers la bouche de métro toute proche

-- Venez ! Vous dites ne pas connaître Paris. Je vais vous montrer un endroit magnifique.

A la sortie du métro, il la conduisit au Palais Chaillot, sur l'esplanade dénommée le Parvis des Droits de l'Homme. Érigé pour l'exposition universelle de 1937, cet immense édifice formé de deux ailes curvilignes a remplacé le palais du Trocadéro et abrite plusieurs musées. Ils s'assirent sur la première marche et Solenn, médusée, put admirer la perspective qui s'offrait à ses yeux.

-- C'est magnifique. Ce panorama est sublime. Expliquez-moi ce que je vois.

-- A vos pieds vous avez les bassins et les jets d'eau. Vous avez bien sûr reconnu notre Tour Eiffel et derrière elle les pelouses du Champ de Mars.

Elle ouvrait des yeux immenses ne voulant pas perdre une miette de ce décor fabuleux.

-- Et si nous montions à la tour ? Vous auriez une vue sur Paris à vous couper le souffle.

-- J'ai encore quelques forces, je veux bien.

Ils grimpèrent jusqu' au deuxième étage d'où la vue sur Paris est la plus belle. La hauteur du niveau deux permet à la vision de ne pas être perturbée par des édifices pouvant masquer la perspective générale. Nathan dut soutenir Solenn qui craignait de poser les pieds sur les hublots vitrés installés dans le plancher donnant une vue plongeante et impressionnante du sol en contrebas. Elle se cramponnait à son bras, fermant les yeux pour ne rien voir.

-- N'ayez pas peur, vous ne risquez rien. Entourant sa taille d'un bras solide, il s'approcha du bord. Des grillages sont posés pour empêcher les sauts dans le vide ou d'éventuels suicides. Accrochez-vous à la rambarde et admirez.

Doucement elle desserra ses paupières et demeura sans voix devant le panorama qui s'offrait à elle : tout Paris à ses pieds.

-- Comme c'est beau. Cette vue est magnifique. Merci Nathan.

Elle s'était éloignée de lui, faisant le tour de l'étage en se tenant à la main courante, un 360° étourdissant.

-- Pouvons-nous redescendre maintenant ? demanda-t-elle. Je vous avoue que j'ai la tête qui tourne. Je ne peux pas rester plus longtemps.

Il lui prit la main et ils s'engouffrèrent dans l'ascenseur. Arrivée sous les piliers, elle s'y appuya pour calmer les battements de son cœur et cette impression d'avoir les jambes en coton.

-- Pardon, lui dit-elle. Je ne pensais pas éprouver une telle sensation, comme une attraction vers le vide.

-- Ne vous excusez pas. Je sais combien cette visite peut être déstabilisante. Prenez votre temps.

Elle récupéra rapidement, ses jambes la portèrent de nouveau, son cœur reprit un rythme normal et elle retrouva son merveilleux sourire.

-- Bien, me voilà en forme. Que faisons-nous ?

-- Je vais vous proposer une balade en bateau-mouche. Nous serons assis donc pas de risque de fatiguer encore nos pauvres pieds. Qu'en dites-vous ?

-- Avec plaisir. Ce serait conclure cette journée de manière reposante et instructive.

-- Alors, c'est parti.

Ils prirent un taxi qui les conduisit jusqu'au Port de la Conférence et arrivèrent juste avant le départ d'une péniche. Ils montèrent à l'étage du bateau-mouche et s'installèrent sur des fauteuils confortables. Un petit vent léger rafraîchissait l'atmosphère. Nathan se pencha vers Solenn.

-- Avez-vous froid ? Comment vous sentez-vous ?

-- Pas froid, non. Je me sens bien mieux, mon malaise a disparu. Je pense que c'est tout ce vide autour de moi qui a dû le provoquer. Mais malgré tout je suis heureuse de l'avoir fait. C'était magnifique. Merci Nathan.

-- Alors vous allez adorer notre croisière. Vos yeux ne vont pas savoir quoi admirer tant de belles choses vont vous être offertes.

Les voilà partis pour une balade sur la Seine. La jeune femme devenait une enfant ravie de ses découvertes : l'Obélisque, le musée d'Orsay, le Louvre mais aussi tous ces ponts sous lesquels passait le bateau, Notre Dame et la Tour Eiffel, dominante, majestueuse, impressionnante.

-- C'est splendide, murmura-t-elle. Je ne trouve pas de mots assez forts pour exprimer ce que je ressens.

-- Êtes-vous obligée de partir demain, demanda Nathan. Ne pouvez-vous pas différer votre départ jusqu'à Lundi ? Je vous aurais fait découvrir Montmartre après mon rendez-vous avec Gaëtan Fourvières. Vous auriez été séduite, j'en suis certain.

-- Impossible et je le regrette mais je dois être impérativement à Brest Lundi matin, une traduction importante pour moi à remettre à un éditeur.

-- Dommage.

La péniche s'amarrait au ponton. Les deux jeunes gens s'attardèrent un moment sur le quai comme si se séparer là devenait difficile.

-- Ma cousine est là-haut qui m'attend. Nous avons prévu de faire quelques boutiques. Il me faut vous quitter, dit Solenn

-- J'aimerais que nous nous revoyions, souffla Nathan. Fixons-nous un rendez-vous pour la semaine prochaine, voulez-vous ?

-- Ne brusquons pas les choses. Laissons faire le hasard, répondit la jeune femme. Je sors d'une histoire amoureuse qui m'a profondément marquée. Je commence tout juste à voir mon horizon s'éclaircir et vous avez fait partie de ce moment de paix retrouvée. Le destin a fait se croiser nos chemins deux fois déjà alors ne le forçons pas. Laissons l'avenir décider. Encore merci pour ce samedi que je n'oublierai pas de sitôt.

D'une main douce, elle lui caressa la joue puis y déposa un baiser. Nathan la saisit entre les siennes et l'embrassa. Elle se dégagea doucement, le fixa au fond des yeux comme pour imprimer son visage dans sa mémoire et s'éloigna sans se retourner.

Nathan resta là, immobile à la regarder disparaître en haut de l'escalier, la main sur sa joue encore imprégnée de la douce chaleur de ses lèvres.

* * * *

9*

Il était onze heures lorsque Nathan Moal se présenta à la réception de l'hôtel Ibis, rue de Caulaincourt. Il tendit la carte de Nicolas Langlois

-- Voulez prévenir ce monsieur que je suis arrivé, demanda-t-il au réceptionniste en présentant sa carte.

– Il vous attend dans le petit salon, la première porte à votre droite.

-- Je vous remercie, salua le jeune homme.

Il entra dans la pièce. Affalé dans un fauteuil en cuir juste assez large pour lui, Nicolas Langlois paraissait encore plus minable que la veille. Apparemment il portait les mêmes vêtements : froissé le costume, douteuse la chemise comme s'il avait dormi avec. Ses cheveux qui semblaient ne pas avoir vu de coiffeur depuis longtemps, se rebellaient en épis mal coiffés. Nathan se demanda mentalement ce que Gaëtan Fourvières, si « classe », faisait avec un tel personnage. Cet homme soigné, élégant ne pouvait pas se contenter d'un tel individu à moins de s'en servir comme faire valoir...

-- Bonjour, dit le personnage en question. Merci d'être à l'heure et sans escorte.

-- Sans escorte ? interrogea le jeune homme. Pourquoi dites-vous ça ?

-- Parce qu'il me semble que d'ordinaire, les journalistes se déplacent toujours avec un photographe ou un cameraman pour filmer l'entretien.

-- Pas moi. Je prendrai sans doute quelques photos, filmerai et enregistrerai l'entretien avec mon téléphone. Êtes-vous rassuré ?

-- En effet. Pour l'instant nous préférons la discrétion.

-- Nous ? insista Nathan.

-- Enfin, je voulais dire l'auteur, bien sûr. Un peu déstabilisé l'agent. Monsieur Fourvières ne tardera pas. Il était au téléphone avec un éditeur étranger.

-- Ben voyons, pensa le journaliste. Je ne suis pas pressé.

Il s'installa à son tour dans un confortable fauteuil

-- Voulez-vous boire quelque chose en attendant, demanda l'agent

-- Volontiers. Un jus d'ananas, s'il vous plaît.

Nicolas Langlois appuya sur une sonnette et un serveur apparut. La commande passée, l'attente reprit son cours sans que Nathan et l'attaché de presse n'échangent un seul mot.

Gaëtan Fourvières arriva quinze minutes plus tard. Il avait adopté une tenue plus décontractée mais toujours aussi élégante. Pantalon en tergal anthracite, chemise gris clair et blouson de cuir négligemment jeté sur son épaule. Nathan le regarda s'avancer vers lui en se demandant si la vente de son livre lui permettait déjà ce standing.

-- *Si c'est le cas, pensa-t-il, je vais me mettre à l'écriture. J'en aurais des histoires à raconter.*

Nathan s'était levé à son entrée dans le salon. Gaëtan Fourvières s'avança vers lui, main tendue, un grand sourire sur ses lèvres

-- Bonjour, dit-il. Navré de vous avoir fait attendre mais cet éditeur canadien ne voulait plus me lâcher. Il se tourna vers Nicolas. Pense à me rappeler que je dois le contacter vers 17h pour lui donner ma réponse. Tu peux disposer maintenant. N'oublie pas de réserver le restaurant pour ce soir et de prévoir un taxi pour midi. Nous déjeunons avec l'architecte pour l'appartement.

-- C'est fait. Pour ce soir aussi, 19h, au Fouquet's.

Nathan remarqua le regard noir que Nicolas jeta à l'auteur et le ton assez cinglant sur lequel il avait répondu. L'agent rassembla ses affaires, salua Nathan et, changeant d'attitude, s'éclipsa comme un enfant timide.

-- Pauvre Nicolas, dit l'écrivain ! Je lui ai donné un peu de travail pour le sortir de la rue mais il a conservé cette attitude de crainte, de manque de confiance, parfois même de révolte face aux regards des gens qui vous croisent et vous toisent sans rien savoir de votre vie.

– Je comprends mieux, répondit Nathan.. Pour un agent il me paraissait un peu effacé et sans prestance.

--Je ne lui laisse que peu d'initiatives, juste quelques petites choses simples à gérer. Il est heureux ainsi.

-- Bon samaritain, se dit Nathan. C'est tout à votre honneur.

-- C'est peu de chose, savez-vous. Mais revenons à notre entretien. Je peux vous consacrer vingt minutes, cela vous convient-il ?

D'un signe de la main, il invitait son interlocuteur à s'asseoir. Ils prirent place dans les fauteuils. Le journaliste posa son téléphone sur la table basse placée entre eux.

-- Je pense que ça ira. Avec votre permission, je vais enregistrer notre conversation. Êtes-vous prêt ?

-- Je le suis

-- Nathan Moal, pour Ouest France, je suis en compagnie de Gaëtan Fourvières, auteur de « L'enfant du pêché », livre qui rencontre un brillant succès auprès du public. Monsieur Fourvières pouvez-vous me dire si c'est un pseudo que vous utilisez ou votre vrai nom ?

-- C'est un pseudo.

-- Pourquoi en avoir changé ?

-- Mon éditeur trouvé mon vrai nom peu accrocheur, trop quelconque.

-- Et qu'est ce qui a guidé votre choix ?

-- J'aime bien le prénom et pour le nom, c'est à Lyon que je l'ai trouvé en admirant la cathédrale pour la fête des lumières. J'ai juste ajouté un S.

-- Ce détail éclairci, que pouvez-vous me confier de votre vie sans que cela soit indiscret.

-- Je suis né dans un village de Picardie où mes parents possédaient une petite exploitation agricole. Mon père cultivait quelques champs et s'occupait des animaux que nous possédions : une vache, un cochon, des poules, des lapins et quelques canards. Deux fois par semaine il se rendait au marché de la ville voisine où il vendait quelques volailles, des œufs et de la crème fraîche, petit commerce qui rapportait un peu d'argent. De son côté maman avait un agrément de famille d'accueil. Pour ma part j'ai étudié jusqu'en 3e et puis j'ai obtenu un CAP de mécanicien agricole, j'aimais beaucoup les tracteurs.

-- Comment en êtes-vous venu à écrire un roman ?

-- J'ai toujours aimé la lecture d'abord, puis j'ai écrit quelques histoires sur un cahier...

Il continuait à se raconter mais Nathan avait un peu lâché prise. Il regardait son interlocuteur, impressionné par sa suffisance. Il s'écoute parler. Quel culot ! Je l'avais bien dit à Solenn que les auteurs aiment se raconter mais lui c'est encore autre chose.

-- Et comment vous est venue l'idée de ce premier roman qui fait fureur auprès du public ? demanda Nathan

-- Vous me flattez, dit l'écrivain. Ainsi que je vous l'ai dit ma maman avait un agrément de famille d'accueil et nous avions souvent des bébés nés sous

X qui étaient adoptés dans les trois mois suivant leur naissance. Ce que je raconte est la vie d'un jeune garçon arrivé chez nous vers dix ans. Il avait été abandonné à la naissance et adopté par un couple, disparu dans un accident quelques mois auparavant.

Seul, sans aucun parent pour l'accueillir, il fut ballotté de famille en famille avant d'être placé chez nous. Malheureux et révolté, son adaptation a demandé de longues semaines. Petit à petit, il a réussi à accepter l'amour que lui donnait ma maman, l'autorité de mon papa et mon affection de grand frère. Il est resté chez nous jusqu'à ses dix-huit ans. Un jour, il se confia à moi, me raconta sa vie avec ce couple si gentil qui l'avait aimé comme leur enfant, sa peine aussi de les avoir perdus. Majeur et pouvant se débrouiller seul, il décida de s'en aller pour vivre sa vie et tenter de retrouver ses parents biologiques. J'ai trouvé son histoire triste et touchante. Elle me faisait penser à Hugo mais plus à Zola. J'ai donc ressorti mes cahiers et écrit ce roman.

-- On dit qu'il y a toujours une part de son vécu dans ce que l'on écrit. Est-ce votre cas ?

-- Je n'en sais rien. Le manuscrit était ainsi rédigé, peut-être y a-t-il mis cette part de lui...

-- Quelqu'un d'autre que vous aurait mis une part de sa vie dans ce livre ? insista Nathan. Vous n'en êtes pas l'auteur ?

-- Bien sûr que j'en suis l'auteur. Pardon je me suis mal exprimé. Il s'était repris après un temps de silence. Je voulais dire que si j'ai romancé cette vie, le vécu est celui de cet enfant. Mais bien sûr j'ai aussi laissé mon imagination ajouter des passages qui ne sont pas forcément son histoire.

-- Je comprends pourquoi votre livre est si vrai.

Il ne releva pas la phrase et continua à parler de lui, de son besoin d'écrire, comme s'il voulait effacer son lapsus et que le journaliste n'y revienne pas. Rien ne semblait pouvoir l'arrêter si ce n'était l'heure qui tournait. Nicolas fit son entrée pour lui indiquer, sur un ton sec, que le taxi les attendait et qu'il fallait y aller pour ne pas être en retard. Une fois de plus Nathan avait noté la façon sèche et impérieuse dont Nicolas avait parlé. L'écrivain se leva rapidement comme soulagé d'échapper à un piège.

-- J'espère vous avoir donné de quoi rédiger votre article ? dit-il

-- C'est parfait ! répondit Nathan. J'ai tout ce dont j'ai besoin pour le publier. Juste une ou deux photos pour l'illustrer si vous le voulez bien.

Gaëtan ne se fit pas prier. Il prit la pose, très star avec son livre en mains. Le jeune homme fit trois clichés sous des angles différents qu'il lui montra pour déterminer un choix.

-- Je vous remercie, dit le reporter, pour le temps que vous m'avez accordé et pour ce que vous m'avez confié. Je rentre à Brest ce soir ou demain. L'article paraîtra samedi ou dimanche prochain. Voulez-vous que je vous envoie un exemplaire du journal ?

-- Je l'achèterai ici. Je réside à l'hôtel en attendant la réfection d'un logement que je viens d'acquérir. Merci encore.

Ils se serrèrent la main sur le trottoir et l'écrivain s'engouffra dans un taxi. Il agita la main et la voiture se faufila dans le trafic, laissant Nathan interrogatif. Il entendit la voix rauque de Nicolas s'en prendre à Gaëtan d'une façon extrêmement violente.

– Je ne parviens pas à comprendre comment il peut vivre dans un luxe pareil. Son livre se vend, certes mais pas encore suffisamment pour expliquer cette opulence qu'il affiche si volontiers. Ainsi donc, c'est de Nicolas dont il prétend raconter la vie. De plus en plus bizarre !

Il regarda sa montre, il était midi trente. Il calcula rapidement s'il pourrait prendre le même train que Solenn. Retourner à son hôtel, faire sa valise, payer sa note puis se rendre à la gare Montparnasse... Bref il n'y arriverait pas.

-- Tant pis, se dit-il. Laissons faire le hasard. Pour le moment j'ai d'autres choses à faire. Je dois élucider ce problème de manuscrit. A nous deux Gaëtan Fourvières.

Il avait hâte maintenant de tirer toute cette affaire au clair.

* * * *

10*

Dans le train qui le ramenait vers Brest, Nathan Moal rédigea son article sur Gaëtan Fourvières. Écouteurs aux oreilles, il prêta une grande attention à tout ce qui avait été dit pendant l'enregistrement. Il citait certains détails, reprenait certaines paroles, il voulait retransmettre aux lecteurs tout ce que l'auteur lui avait confié avec beaucoup de facilité. Il relut ce qu'il avait écrit et satisfait de son texte, l'enregistra et ferma son ordinateur.

Bien d'autres questions se bousculaient dans sa tête. Il était plus que jamais convaincu que l'écrivain avait volé le manuscrit et peut être aussi assassiné les de Mérieux. Mais comment le prouver ? Depuis son entretien de ce matin il cherchait une solution.

-- La meilleure chose à faire, pensa-t-il, est de me rendre à la gendarmerie et de voir avec eux.

Il était seul dans le compartiment aussi s'installa-t-il le plus confortablement possible en allongeant ses jambes sur la banquette. Il s'endormit rapidement bercé par le balancement du train et le souvenir d'un visage lumineux qui lui souriait. Son rêve devait être agréable, un léger sourire étirait ses lèvres.

Les freins frottant sur les rails et la voix nasillarde de la speakerine réveillèrent Nathan qui s'étira. Il récupéra son sac, sa sacoche, enfila son blouson et se plaça face à la porte donnant sur le quai. Il sauta plus qu'il ne descendit du wagon et rejoignit en hâte le parking souterrain où Il y avait laissé sa voiture.

La journée ne faisait que commencer, il aurait tout son temps pour mettre son projet à exécution. Tout d'abord, rejoindre son appartement où une douche bien chaude suivie d'un jet froid le revigora, lui éclaircit les idées. Un café serré acheva sa remise en forme.

Saisissant sa mallette, il prit le chemin de son bureau. Il lui fallait vérifier que tout était en ordre de ce côté-là, écouter les messages et récupérer son courrier. Bien lui en prit : les lettres s'étaient accumulées dans sa boîte, plusieurs messages lui demandaient des renseignements sur l'avancée de ses recherches.

-- Me voilà avec pas mal de boulot. Il va me falloir travailler tard pour mettre de l'ordre dans mes dossiers. Mais avant tout, je dois aller au journal puis à la gendarmerie.

Nathan referma son officine et s'en fut vers Ouest France. Il pénétra dans la salle de rédaction et salua ses collègues. Arrivé devant le bureau du rédacteur en chef, il stoppa. Au travers du store entre ouvert, il devina une femme discutant avec son chef. Cette silhouette lui parut familière. Il frappa à la porte.

-- Entre Nathan.

A l'énoncé du prénom la femme présente se retourna.

-- Bonjour Nathan ! Heureuse de vous revoir, dit-elle en lui tendant la main.

-- Bonjour Solenn, répondit le jeune homme.

-- Vous vous connaissez ? demanda Hugo, le rédacteur en chef, surpris.

-- Oui, dit Nathan. Nous avons fait connaissance sur le quai de la gare après que dans ma précipitation, je l'aie bousculée...

-- Puis dans mon wagon, à la recherche d'un endroit tranquille pour travailler, dit-elle ...

-- Pour finir nous nous sommes retrouvés au Salon du livre. Voilà, tu sais tout, conclut le jeune homme.

-- Eh bien, dites-moi. Il était écrit quelque part que vous deviez poursuivre sur ce chemin puisque vous êtes de nouveau réunis sans l'avoir décidé.

Les deux jeunes gens échangèrent un regard ravi qui n'échappa pas à Hugo.

-- Asseyez-vous, les invita-t-il. Je suppose que tu viens me remettre ton article sur l'écrivain que tu as rencontré à Paris ? dit-il en s'adressant à Nathan.

-- Oui ! Je l'ai terminé dans le train. Il tendit une feuille et les trois photos prises à l'hôtel. Tu feras ton choix.

-- Parfait ! Quant à vous, Solenn, je vous remercie pour cet excellent travail de traduction. Je vous fais signe dès que j'ai besoin de vous.

Il se leva, contourna son bureau et vint leur serrer la main. L'entretien était terminé.

Solenn et Nathan se retrouvèrent dans la salle de rédaction et se dirigèrent vers la sortie. Ils n'avaient pas dit un mot, juste quelques regards. Intimidés ou troublés par cette rencontre ?

-- Je ne pensais pas... dirent-ils ensemble. Désolé(e)

-- A vous, dit Nathan.

-- Je disais que je ne pensais pas vous rencontrer aujourd'hui, je vous croyais encore à Paris.

-- Non, j'ai préféré rentrer de nuit pour ne pas perdre de temps. Si vous saviez le travail qui m'attend... Au fait, êtes-vous pressée de rentrer ?

--Non, pas spécialement. J'ai remis mon travail. Je suis libre. Pourquoi ?

-- J'aimerais vous montrer mon bureau de généalogiste. Qu'en dites-vous ?

-- Avec plaisir.

-- Nous ne sommes pas loin. Il est situé Rue de Siam, à deux pas d'ici.

-- Avez-vous remarqué que j'ai évité les échasses aujourd'hui ?

-- C'est pour cela que je vous trouvais si petite ! dit-il, taquin

Ils rirent, heureux de se retrouver. Le courant passait bien entre eux. Ils renouaient le lien qu'ils avaient commencé à tisser durant ce week-end parisien.

Ils arrivèrent rue de Siam et Solenn aperçut sur le trottoir d'en face, une boutique à l'ancienne. Nathan la désigna de la main :

-- Voilà ma caverne d'Ali baba. C'est là que je travaille.

Elle la regardait, émerveillée.

-- Elle est superbe. Vous avez eu raison de lui conserver cet air vieillot, il colle parfaitement au nom donné.

-- Venez ! Il lui prit la main et ils traversèrent rapidement la rue.

Il fit monter le rideau métallique et elle put admirer la vitrine.

-- C'est magnifique. Voyons si l'intérieur est aussi bien conçu.

-- J'ai fait de mon mieux. A vous de juger.

-- C'est très bien agencé et agréable. Vous avez fait du bon boulot. Elle regardait autour d'elle. Je ferai juste une remarque.

-- Laquelle ?

-- J'aurais séparé votre bureau du coin salle d'attente soit par une jardinière fleurie soit par des panneaux de verre.

-- Et pourquoi donc ? demanda Nathan

-- Pour que les clients que vous recevez, le soient en toute discrétion même si votre travail n'a rien de secret. Vous pouvez prendre appui sur ce mur et délimiter ainsi les deux parties.

-- Vous avez raison mais je verrai plus tard.

-- Avez-vous besoin d'aide, demanda Solenn. J'ai tout mon après-midi de libre.

-- Vous accepteriez de trier tous ces papiers avec moi.

-- Je vous le propose. Mais décidez-vous vite avant que je ne change d'avis.

-- Non pas ! Je vous engage sur le champ. Mais avant nous allons commander quelque chose à manger. Il va être midi et je sens que la faim commence à chatouiller nos estomacs.

-- Volontiers !

-- Que voulez-vous ? Pizza ? Chinois ? Japonais ? ou breton ?

-- Japonais, je veux bien.

Nathan appela le restaurant et passa commande. Ils dégustèrent leurs sushis dans la cuisine en discutant de tout et de rien puis s'installèrent dans le bureau pour boire leur café et le jeune homme expliqua à Solenn le premier travail à faire : ouvrir chaque enveloppe et classer les extraits obtenus en trois catégories – naissance, mariage, décès – ensuite placer dans chaque dossier les papiers le concernant et remplir la fiche de suivi. Ce rangement terminé, l'étude de chacun des actes pourra commencer afin de poursuivre la remontée dans le temps.

-- Vous verrez, lui dit Nathan, c'est un vrai travail de fourmi. Dérouler l'écheveau des indices pour en faire un fil conducteur est magique.

-- Je suis émerveillée. Ce doit être passionnant de cheminer ainsi d'année en année, de siècle en siècle et de pouvoir rattacher toutes les branches au même arbre, au même tronc.

-- Et si je vous embauchais ? interrogea-t-il tout à coup.

-- M'embaucher, moi ? Mais je n'y connais rien en généalogie !

-- Je vous apprendrai. Quelles langues parlez-vous ? demanda-t-il très sérieux

-- L'anglais et l'espagnol, dit-elle.

-- Super ! Moi je parle allemand et italien, nous nous compléterions à merveille.

-- Vous croyez ?

-- J'en suis certain. Surtout pour ce qui concerne les recherches espagnoles. Ils ne sont pas trop co-opératifs et souvent ne répondent même pas à nos demandes. Il faut se rendre sur place et consulter les registres dans les églises, leur état civil étant in-existant à certaines époques. Vous pourriez venir deux ou trois après-midis par semaine. Qu'en dites-vous ?

-- Vous me tentez, Nathan. Laissez-moi jusqu'à samedi pour vous donner ma réponse. Au fait avez-vous pu rencontrer cet auteur dont nous avons parlé au salon du livre ?

-- Oui, j'ai obtenu une interview et réussi à le faire se confier et même à se contredire. Je vais pouvoir continuer mes recherches. Avez-vous réfléchi à ma proposition ?

-- Je vous l'ai dit, accordez- moi jusqu'à samedi pour vous donner ma réponse.

-- Ce sera parfait. Je dois résoudre ce mystère qui m'interroge. Je vais devoir m'absenter jusqu'à jeudi, je pense. Voyons-nous samedi vers 10h, ici si cela vous convient.

-- D'accord pour samedi, dit Solenn. Puis regardant sa montre elle se leva. Déjà 17 h ! Il faut que je vous laisse. Ma sœur arrive ce soir et mes parents m'attendent, j'ai juste le temps de rentrer. A samedi !

-- A samedi ! dit Nathan. Passez une excellente semaine

Il la raccompagna jusqu'à la porte, ils échangèrent un amical baiser et il la regarda s'éloigner

-- Pourvu qu'elle accepte. Ce serait un rêve de l'avoir ainsi auprès de moi, soupira-t-il. Puis se secouant... Occupe-toi du voleur de manuscrit.

Il regagna son bureau et composa le numéro de la gendarmerie de St Renan et demanda à la personne au bout du fil la possibilité de rencontrer le commandant de la brigade.

-- Elle sera disponible demain, mardi à 10h.

-- Parfait, dit Nathan.

-- Puis-je avoir votre nom et l'objet de votre visite ?

-- Nathan Moal. Je suis généalogiste, chargé de retrouver d'éventuels héritiers des de Mérieux, le couple assassiné en novembre 2018. Je souhaiterais avoir quelques renseignements sur cette affaire.

-- Merci Monsieur, c'est noté.

* * * *

Mardi 10h – Brigade de gendarmerie de St Renan

Le lieutenant Sarah Morvan, commandant la brigade de St Renan, accueillit Nathan et le reçut dans son bureau. Il lui expliqua rapidement sa demande.

-- Maître Lequellec, notaire à Brest, chargé de la succession de ce couple, m'a engagé afin de rechercher des héritiers potentiels. C'est pourquoi j'ai besoin de prendre connaissance du dossier concernant ces assassinats.

-- J'ai pris le commandement de la brigade quelques semaines après la seconde affaire et à mon arrivée, elle était déjà classée dans les dossiers non élucidés. Le capitaine Gaël Le Floch aurait pu vous renseigner mais il a pris sa retraite.

-- Où puis-je le contacter ? demanda Nathan

-- Il habite sur l'île de Bréhat.

-- Pensez-vous qu'il accepterait de me rencontrer pour m'en parler ?

-- J'en suis certaine. Il est parti en ayant l'impression d'un travail inachevé. Je vais l'appeler et lui expliquer votre demande.

Elle décrocha son téléphone et composa un numéro.

-- Sarah Morvan, se présenta-t-elle. Bonjour capitaine. Je vais bien merci et vous-même ? Elle écouta la réponse en souriant. Je me permets de vous appeler parce que j'ai près de moi Nathan Moal, généalogiste à la recherche de possibles héritiers du couple assassiné, les de Mérieux. Accepteriez-vous de le recevoir ?

Elle attendit la réponse et remercia son interlocuteur.

-- Il accepte avec grand plaisir et vous conseille de prendre la navette de midi. Il vous attendra au débarcadère. Bonne chance, dit-elle en lui tendant la main. Vous verrez c'est un homme adorable.

-- Je vous remercie de votre attention et de votre gentillesse. Au revoir !

-- Soyez quand même prudent, vous pourriez rencontrer quelques gendarmes sur votre route.

Ils rirent tous deux de sa mise en garde et Nathan sortit rapidement de la brigade.

-- 1h 30 pour faire le trajet. Ça ira, pensa-t-il.

Nathan arriva à La Pointe de l'Arcouest à 11h 45, gara sa voiture dans le parking, le lieutenant Morvan lui avait précisé qu'aucune voiture ne circulait sur l'île. Il paya son ticket et s'installa à l'avant de la navette. Située à deux kilomètres seulement de la côte, il pouvait déjà admirer les couleurs d'ocre roux de ces rochers de granit. Le spectacle était magique. La traversée ne dura que dix minutes et l'île s'offrit à lui dans toutes les couleurs d'une palette fleurie.

Le micro climat dont elle jouit permet à une nature généreuse de s'épanouir. On y trouve de nombreuses espèces exotiques ramenées des pays lointains par les marins et qui prospèrent ici pour le régal des yeux grâce au Gulf Stream qui caresse ses côtes. Mais Nathan n'avait guère le temps de s'attarder à contempler ce splendide paysage. Le capitaine Le Floch l'attendait au débarcadère et le salua d'un : -- Bienvenue dans mon île -- chaleureux. Une poignée de mains solide et franche et le courant passait déjà.

-- Je vous emmène dans mon petit paradis.

-- Comme je vous comprends ! dit Nathan. Cette île est une merveille.

Empruntant des ruelles étroites, il découvrit les maisonnettes blotties dans des jardins luxuriants. Le capitaine s'arrêta devant une petite maison de pêcheurs.

– Et voici mon château !

D'un geste de la main il lui présentait une jolie bâtisse perdue au fond d'un jardin. Des murs de pierre, des fenêtres aux volets bleus et des roses trémières le long des murs, elle se cachait parmi des buissons d'hortensias, des rosiers quelques arbres et une pelouse d'un vert tendre qui devait être douce à fouler pieds nus. Un superbe rosier escaladait la façade et retombait en grappes de fleurs rose pâle au-dessus des fenêtres.

-- C'est magnifique, dit Nathan. Vous devez vous sentir bien dans ce décor.

-- Je dois avouer que je m'y sens parfaitement heureux. En plus nous sommes à cinquante mètres de la plage et je peux aller à la pêche sur les rochers. Venez ma femme nous attend pour le déjeuner.

-- Oh ! Je suis confus ! Je ne voulais pas vous déranger

-- Vous ne nous dérangez pas ! Bien au contraire, nous sommes ravis d'avoir un invité.

Le capitaine ouvrit le portillon bleu lui aussi et ils avancèrent vers la maison. Une charmante dame en sortit. Pas très grande, toute menue, elle semblait un Tanagra fragile. Elle vint à leur rencontre, un grand sourire aux lèvres. Ses yeux myosotis pétillaient de joie derrière ses petites lunettes rondes.

-- Maëlle Le Floch, dit-elle en lui tendant une main douce mais ferme qui lui prouva aussitôt que cette fragilité n'était qu'apparence. Ravie de faire votre connaissance.

-- Nathan Moal, se présenta le jeune homme. Très heureux de vous connaître aussi et merci de m'accueillir aussi gentiment.

-- Allons, commanda le capitaine. Passons à table ! Ensuite nous discuterons de l'objet de votre visite. Vous allez pouvoir juger des talents de cuisinière de mon épouse, un vrai cordon bleu.

Le repas fut délicieux. Ils s'installèrent dans le jardin pour déguster un café et s'intéresser au dossier des de Mérieux.

-- A la brigade de gendarmerie, le lieutenant Sarah Morvan m'a dit que vous vous étiez particulièrement penché sur le mystère qui l'entoure.

-- C'est exact. Je voulais partir, terminer ma carrière après avoir résolu ce dernier meurtre. Malheureusement aucun nouvel indice n'a été trouvé. Malgré tout je n'ai pas abandonné l'espoir de l'élucider. Mon instinct me dit que la solution est là, sous mes yeux mais je n'arrive pas à trouver le fil conducteur. De votre côté qu'est-ce qui vous a amené à vous intéresser à ce drame ?

-- Je suis généalogiste et Maître Lequellec, le notaire chargé de la liquidation de l'héritage, m'a confié la mission de retrouver des personnes pouvant en avoir la jouissance. C'est ainsi que j'ai été amené à inspecter le Manoir.

-- Qu'a donné votre recherche ?

-- Rien du côté héritiers mais j'ai fait une découverte intéressante

-- Dites-m'en plus, demanda le capitaine dont les yeux brillaient.

-- Dans un tiroir secret du bureau, dit Nathan, j'ai trouvé un manuscrit et une lettre.

-- Un manuscrit ? Une lettre ? Mathilde, la gouvernante nous a dit que le livre avait disparu en même temps que l'invité surprise.

-- Pouvez-vous me faire un rapide résumé des faits, demanda Nathan

-- Bien sûr.

Le capitaine sortit un dossier d'un vieux cartable en cuir qui lui avait servi de sacoche durant toute sa carrière et lui fit le récit de toute l'affaire. Pour autant, il ne lui parla pas encore des deux premiers meurtres commis vingt-cinq ans plus tôt. Puis il poussa devant lui, le portrait-robot réalisé par son adjoint sur les indications de Mathilde. Nathan s'en saisit et

-- Mais c'est Gaëtan Fourvières, celui qui prétend avoir écrit le fameux bouquin qui fait fureur en ce moment. Pourquoi avez-vous cette image ?

-- D'après les dires de Mathilde, c'est lui qui a passé la nuit au Manoir avant de disparaître sans laisser de trace.

Nathan sortit son portable et montra au capitaine les photos qu'il avait faites de l'auteur.

-- Regardez ! La ressemblance est flagrante ! dit Nathan

-- En effet. Nous allons montrer ces photos à Mathilde.

-- C'est donc lui qui aurait volé le manuscrit dont vous me parlez.

-- C'est ce que je pense, en effet. Peut-être a-t-il aussi tué les époux de Mérieux.

-- Et vous n'avez jamais pu l'identifier ?

-- Jamais ! Le nom donné ce soir-là ne m'a conduit nulle part, comme si cet homme n'existait pas. Un faux nom à n'en pas douter.

-- Nous savons maintenant que Gilles Fauvet, le visiteur nocturne, n'est autre que Gaëtan Fourvières, l'auteur à succès et que son livre est bien le manuscrit volé dont il s'attribue la paternité.

-- Êtes-vous sûr de cela ?

-- Tout à fait. J'ai acheté le livre et je l'ai comparé au texte trouvé au Manoir. Rien n'a été changé, pas la moindre virgule. Seul le nom de l'auteur est différent.

-- Voilà qui est fort intéressant et ouvre une nouvelle piste. Je vais pouvoir l'interroger et peut être avancer dans la résolution de l'énigme.

-- Mais vous êtes à la retraite, dit Nathan

-- Je n'interviendrai pas directement mais je pourrais assister Sarah. Je vais lui demander de contacter le procureur afin qu'il rouvre l'enquête au vu d'éléments nouveaux.

-- Et ferez-vous venir ce monsieur à Brest ?

-- Je pense. Le meurtre ayant eu lieu ici, il voudra sans doute conserver son élucidation et éventuellement son jugement. Rentrez à Brest et retrouvons-nous au débarcadère demain vers 10h. Nous irons voir Mathilde. Navré de ne pouvoir vous garder mais nous n'avons qu'une seule chambre.

-- Je vous remercie mais il me faut passer à mon bureau ce soir. J'ai quelques dossiers en attente dont il faut que je m'occupe absolument.

Depuis le pas de la porte, Maëlle appelait son mari

-- Viens vite ! Quelqu'un au téléphone qui voudrait te parler.

Gaël la rejoignit et disparut dans la maison. A son retour il se frottait les mains.

-- Savez-vous qui voulait me parler ? demanda-t-il à Nathan. La directrice de la maison de retraite où vit Mathilde.

-- Quelle coïncidence ! Y a-t-il un souci avec la gouvernante ?

-- Non! Elle me prévient qu'un homme est venu par deux fois déjà voir la vieille femme, que cette dernière lui a remis à chaque fois une enveloppe.

-- N'avez-vous pas dit qu'elle n'avait plus aucune famille, ni amis ?

-- C'est que nous avons tous cru. Et bien nous verrons demain ce qu'il ressortira de notre visite. Que nous apprendra-t-elle de nouveau à propos de notre « voleur » et de cet homme mystérieux qui lui rend visite ?

* * * *

A dix heures précises, la navette s'aligna le long du débarcadère et Gaël Le Floch en descendit. Il était tout excité par les derniers indices apportés par Nathan et avait hâte maintenant de rencontrer Mathilde.

La directrice les accueillit et les convia dans son bureau.

-- J'ai cru bon de vous informer de ces visites qui se font en fin de mois. Cet homme vient la voir, ils passent un moment ensemble à discuter à voix basse puis il repart.

-- Et vous ne savez pas qui il est ?

-- Non et je n'ai pas osé lui demander son nom. Je sais juste qu'il se prénomme Erwan

-- Qu'en dit Mathilde ?

-- Qu'il est le fils d'une cousine éloignée, décédée depuis de nombreuses années et qu'il est son unique famille.

-- Bien ! pouvons-nous la voir ? Comment va-t-elle ?

-- Elle n'est pas trop en forme mais à son âge et après avoir traversé ces terribles épreuves, c'est un peu normal. Son cœur donne des signes de fatigue. Je vous conduis, dit-elle. Elle est au salon.

Assise dans un confortable fauteuil près de la baie vitrée donnant sur le parc, la gouvernante les regarda s'avancer, un léger sourire aux lèvres.

-- Tiens donc ! s'exclama-t-elle. Mon gendarme préféré. Il y a longtemps que vous n'étiez pas venu me voir.

-- Bonjour Mathilde. C'est vrai cela fait longtemps. Je suis à la retraite et je vis à Bréhat. C'est surtout ce monsieur qui voulait faire votre connaissance.

-- Bonjour Madame ! Nathan Moal. Il serra la main qu'elle lui tendait.

-- Moins de cérémonie, jeune homme ! Appelez-moi Mathilde. Et pourquoi voulez-vous faire connaissance avec cette vieille chose que je suis devenue ?

Du regard, le jeune homme interrogea le capitaine qui approuva d'un signe de tête.

-- Je suis généalogiste et le notaire de la famille Mérieux m'a chargé de trouver d'éventuels héritiers.

-- Ces pauvres gens n'avaient plus aucune famille ni d'un côté ni de l'autre, pas d'enfant non plus. Continuez

-- Je me suis rendu au Manoir afin de chercher des indices, des papiers enfin quelque chose qui aurait pu me guider. En fouillant dans le secrétaire, j'ai découvert un tiroir secret dans lequel se trouvait un manuscrit.

-- Ben ! Je pensais qu'il avait été volé ?

-- Apparemment Paul-Louis de Mérieux en possédait un second qu'il avait caché dans le tiroir secret.

-- D'accord ! Où voulez-vous en venir ? demanda-t-elle un tantinet agacé.

-- Je vous explique. Après cette trouvaille qui en soit n'avait aucun rapport avec le crime et l'héritage, j'ai découvert qu'il existait un livre avec le même titre et le même contenu. Aussi suis-je allé à Paris, au salon du livre où j'ai pu rencontrer son auteur. Le voilà, dit-il en lui donnant son portable

-- Mais c'est lui qui a passé la nuit au Manoir. Il a volé le livre et tué mes employeurs. Mais arrêtez-le. Elle s'agitait maintenant.

-- C'est ce que nous allons faire afin de savoir ce qui s'est passé ce jour-là. Ne vous inquiétez pas nous connaîtrons la vérité. Nous avons bien progressé depuis quelques jours. Merci Mathilde. Nous vous laissons vous reposer maintenant, dit le capitaine. Nous vous tiendrons au courant. Portez-vous bien.

-- Au revoir, Mathilde, dit Nathan en lui serrant la main.

-- C'est ça, dit-elle. Au plaisir de ne jamais vous revoir.

Les deux hommes retrouvèrent la directrice qui les attendait dans le hall d'entrée.

-- Pouvez-vous nous dire à quoi ressemble ce soi-disant « cousin »? demanda le capitaine

-- C'est un jeune garçon, il doit avoir entre 20 et 25 ans. Rien de particulier dans son allure. Il est blond, assez grand, avec de grosses lunettes. Il parle peu, reste avec elle une dizaine de minutes et s'en va comme il est venu : sans un mot, pas même un sourire.

-- Ressemble-t-il à cet homme, interrogea Nathan en lui montrant son portable.

-- Absolument pas. Rien à voir son visiteur.

-- Et celui-ci, demanda Nathan qui afficha la photo de l'agent de presse.

La directrice examina le personnage

-- Vraiment aucune ressemblance avec celui-ci non plus. Il est beaucoup plus jeune.

-- Vous nous avez dit qu'il venait chaque fin de mois ? demanda le jeune homme qui avait remarqué l'hésitation de la directrice

-- Oui ! dit-elle. Toujours entre le 28 et le 30 du mois.

-- Vous prévient-il de son passage?

-- Il appelle la veille pour être certain que Mathilde se porte bien et qu'elle pourra le recevoir.

Nathan réfléchissait.

-- Nous sommes le 20 mars. Il devrait donc se présenter vers le 30. Pouvez-vous avertir le capitaine dès qu'il vous aura téléphoné, de façon à ce que nous soyons présents ce jour-là.

-- Bien sûr.

– Nous serons discrets et les observerons sans nous montrer. Une dernière chose. Demandez-lui son nom et un numéro de téléphone sous prétexte de le prévenir s'il arrivait quelque chose à Mathilde, demanda le capitaine.

-- Entendu. Je vous appelle dès qu'il aura pris contact.

-- Nous vous remercions, dit le capitaine. Au revoir, chère madame.

-- Au revoir, Messieurs et bon retour.

11*

Dans la voiture qui les ramenait à Brest, les deux hommes restaient silencieux, chacun s'interrogeant mentalement.

Le capitaine Le Floch regardait Nathan du coin de l'œil se demandant à quel moment il lui parlerait du meurtre commis vingt-cinq ans plus tôt.

 - *Comment amener l'assassinat de Charles-Edouard de Mérieux et de son épouse, réfléchissait Gaël Le Floc.*

De son côté, Nathan pensait :

 - *Quand le capitaine va-t-il se décider à me parler des premiers meurtres ?*

Finalement ce fut le gendarme qui se lança le premier.

-- Il faut que je vous confie quelque de chose de troublant, d'inexpliqué.

-- Je vous écoute, dit le jeune homme.

-- Il y a vingt-cinq ans, à la même date, les parents de Paul-Louis de Mérieux, ont été assassinés de la même façon. Ce crime n'a jamais été élucidé. A cette époque, la brigade en charge de ce double meurtre est arrivée aux mêmes conclusions que nous aujourd'hui : aucune piste, aucun indice susceptible de mener au meurtrier. Rien. L'affaire fut classée.

-- Pensez-vous que les deux soient liées ?

-- Si c'est le cas, l'assassin a pris son temps. Ce qui est très troublant c'est ce « pourquoi » auquel on ne peut pas répondre. Je sens que quelque chose nous échappe mais quoi ? Je sens depuis le début que la solution est sous nos yeux et que nous ne la voyons pas.

Ils arrivaient à la brigade. Le lieutenant Morvan les accueillit dans son bureau.

-- Bonjour, Messieurs. Alors, s'enquit-elle, votre visite à la maison de retraite a-t-elle été intéressante ?

-- Je pense, répondit le capitaine

-- Que pouvez-vous m'en dire ? Je dois vous avouer que devant votre obstination, Capitaine, je me suis penchée sur le dossier et j'aimerais découvrir le meurtrier et les raisons de ses crimes, dans l'hypothèse où nous aurions affaire au même tueur.

-- Pour l'instant nous nous consacrons au second. A vous Nathan.

-- J'ai montré à Mathilde une photo de Gaëtan Fourvières, l'écrivain. Elle l'a formellement reconnu comme étant l'invité surprise, se faisant appeler Gilles Fauvet.

-- Nous savons que cet homme n'existe pas. Cependant, sachant que Gaëtan Fourvières et l'inconnu du Manoir sont une seule et même personne, nous allons pouvoir rouvrir le dossier. Pouvez-vous vous charger de prévenir le procureur puisque je ne peux le faire moi-même ? demanda le capitaine à Sarah.

-- Bien sûr. Nous avons là un témoin important de ce drame qui pourrait également être le meurtrier. Je pense qu'il ne fera aucune difficulté. Cependant il faudra attendre la semaine prochaine pour pouvoir agir.

-- Cela me convient, dit Gaël Le Floch. Je vais pouvoir préparer mon interrogatoire. Pouvez-vous demander au procureur qu'il m'autorise à vous assister ?

-- Ce serait bien car vous connaissez l'affaire bien mieux que moi.

-- Je vais mettre à profit ces quelques jours pour creuser un peu dans la vie de Gaëtan Fourvières. Je vais pouvoir ouvrir d'autres portes, dit Nathan. Qui sait si derrière l'une d'elles ne se cache pas notre assassin ?

-- Merci, Messieurs. Capitaine je vous contacte dès que j'ai le feu vert du procureur. Nous déciderons alors de la façon de procéder. Soit nous le faisons venir à Brest, soit nous nous déplaçons sur Paris.

Le capitaine souriait en serrant la main du lieutenant.

-- Connaissant bien le procureur, je pense qu'il le fera venir dans nos locaux. Trop belle occasion pour lui de se faire mousser.

-- Je le pense aussi. A bientôt.

Elle les raccompagna jusqu'à leur voiture et les salua de la main.

Nathan prit la direction de La Pointe de l'Arcouest où Le capitaine prendrait la navette pour rentrer à Bréhat. Avant de sortir du véhicule, il tendit au jeune homme une pochette à élastique noire.

-- Je vous ai fait préparer une copie des deux dossiers. Peut-être que cela vous aidera dans vos recherches.

-- Bonne idée, merci capitaine, répondit-il. En effet ce sera plus simple pour moi. Je vais me rendre à Paris dès demain. Je prendrai l'avion pour gagner du temps. Je verrai bien où me mèneront mes recherches. Je vous appelle dès mon retour. Saluez madame Le Floch de ma part. A bientôt, capitaine.

Pendant quelques minutes, il suivit du regard la navette qui s'éloignait du rivage

-- C'est bien beau de vouloir découvrir l'assassin mais mon travail personnel s'en ressent. Il faut que je passe au bureau tout de suite.

Ainsi qu'il s'y attendait, un tas de lettres s'était accumulé dans sa boite ainsi que de nombreux appels sur son répondeur.

-- Il faut absolument que je m'occupe de tous ces dossiers sinon mes clients vont aller voir ailleurs. Pourtant j'ai aussi besoin comprendre ces meurtres.

A son tour il était atteint par le virus entourant le mystère de ces assassinats et ne pouvait se résoudre à abandonner. Il s'installa à son bureau et commença l'ouverture de son courrier tout en écoutant ses messages.

D'un geste machinal, il fendait l'enveloppe, en sortait les documents et les plaçait devant lui. D'une oreille distraite, il écoutait les voix qui l'interrogeaient sur l'avancement de leur dossier lorsque dans le silence de la pièce une voix familière résonna.

-- Bonjour, Nathan, c'est Solenn. Comment allez-vous ? J'aimerais que nous parlions de votre proposition. Rappelez-moi rapidement. Je vous embrasse.

Le message s'achevait à peine qu'il composait déjà son numéro de portable.

-- Allô, oui, dit la voix à l'autre bout du fil.

-- Bonsoir Solenn, c'est Nathan. Comment allez-vous ? demanda-t-il

-- Très bien merci. Je suppose que vous avez pris connaissance de mon message.

-- A l'instant. J'étais absent depuis mardi et je n'ai pas pu vous joindre avant.

-- Je vous appelais au sujet de la proposition que vous m'avez faite samedi.

-- Vous acceptez ? interrogea-t-il soudain fébrile

-- Oui, j'accepte de vous aider. Vous m'avez convertie à votre passion.

-- J'en suis heureux. Êtes-vous libre pour un dîner ce soir ? J'aurais un service à vous demander.

-- Pourquoi pas ?

-- Bien ! Retrouvons-nous à 19h, à Latitude Crêpe, si cela vous convient.

-- C'est parfait. A tout à l'heure.

-- Merci Solenn ! A tout à l'heure. Et il raccrocha.

Il composa rapidement le numéro de la crêperie pour réserver une table, demandant un coin discret.

Il passa dans la salle d'eau du bureau. Il avait toujours une tenue de rechange, précaution bien utile pour les imprévus. Il fit rapidement un brin de toilette, enfila une chemise propre et changea de veste.

Il était 19 h lorsqu'il s'arrêta devant le restaurant pour voir Solenn garer sa voiture un peu plus loin. Il avança à sa rencontre, admirant la silhouette de la jeune femme et sa démarche dansante. Il était fasciné par sa beauté.

Ils échangèrent un baiser amical, heureux de se retrouver. Un serveur vint à leur rencontre et les conduisit vers la terrasse vitrée donnant sur le port. Des éclats de lune dansaient à la surface de l'eau doucement agitée par une petite brise.

-- Je suis toujours charmée par cet endroit, surtout la nuit. C'est calme et reposant, loin de l'agitation des rues passantes.

-- C'est aussi un plaisir pour moi. J'aime beaucoup ce restaurant pour sa tranquillité mais aussi, dit-il sur le ton de la confidence, pour sa cuisine.

Un même grand sourire les rapprocha un peu plus, ils se découvraient les mêmes goûts, le même besoin de se sentir bien et au calme.

-- Puis-je vous servir un apéritif ? demanda le serveur en leur présentant la carte.

-- Eh bien, pourquoi pas ? Que prendrez-vous Solenn ?

-- Un Mojitos mais léger en rhum !

-- Pour moi ce sera un whisky !

-- Parfait ! Je vous laisse choisir mais si vous me permettez un conseil, choisissez le kig ha farz, il est excellent.

-- Qu'en dites-vous ? demanda Nathan. Pas trop lourd pour le soir ?

-- J'en raffole, dit Solenn. Pour moi ce sera un kig ha farz. J'en salive déjà

-- Alors nous serons deux, moi aussi j'adore ce plat que nous prépare souvent ma grand-mère.

Le menu choisi, ils entamèrent le sujet qui les intéressait tout en dégustant leurs verres. La jeune femme confia à Nathan que son offre de travailler avec lui l'avait finalement séduite et qu'elle voulait bien l'aider. Ravi, le jeune homme dit combien il était heureux qu'elle accepte sa demande. Le serveur revenait avec deux belles assiettes fumantes qu'il posa devant eux puis s'occupa de la bouteille de bon cidre breton qu'il fit mousser dans les bolets.

-- Bon appétit et régalez-vous, leur souhaita-t-il.

-- Que ça sent bon. Eh bien, bon appétit, Mademoiselle

-- A vous aussi, Monsieur.

Ils étaient gais, souriants, heureux d'être ensemble. Le silence s'installa juste troublé par le bruit des couteaux et des fourchettes sur la faïence bleue des assiettes. La seule chose qu'ils dirent :

 - *ce bouillon est fabuleux, la viande une merveille et les farz divins.* - Ils n'osaient pas exprimer ce sentiment naissant qu'ils cachaient derrière des banalités. Seuls leurs yeux se parlaient. Ils en avaient presque oublié pourquoi ils étaient assis là, dans ce restaurant. Ils terminèrent leurs repas.

-- Vous vouliez me voir pour un service à vous rendre m'avez-vous dit au téléphone, déclara Solenn. En quoi puis-je vous être utile ?

-- Le gourmand que je suis en oublierait presque les raisons de cette rencontre sauf celle de vous retrouver.

-- Assez badiné, Nathan, dit-elle rougissante. Venez-en au fait.

-- J'y viens. Vous savez que je devais contacter la gendarmerie pour avoir le dossier des meurtres de Lanrivoaré ?

-- Non, vous m'aviez confié vouloir faire des recherches sur le fameux écrivain que vous soupçonniez de s'être approprié un manuscrit dont il ne serait pas l'auteur.

----

* Kig ha farz : pot au feu breton (Kig-- Viande) - (ha-- et) – (farz : far)

- Je pensais vous en avoir touché un mot. Bref, j'ai rencontré le capitaine Le Floch chargé de l'enquête à cette époque. Nous avons comparé le portrait-robot avec la photo que j'ai faite de lui à Paris. Il est évident que c'est bien la même personne.

-- Et donc ?

-- Nous avons décidé d'aller voir Mathilde en sa maison de retraite. Ce même jour, la directrice a téléphoné pour informer le capitaine que chaque mois quelqu'un vient voir la gouvernante, discute avec elle quelques minutes et repart. Notre visite ne nous a rien appris de nouveau mais Mathilde, à la vue de la photo a confirmé que c'était bien l'inconnu du Manoir.

-- Ce qui a renforcé votre intime conviction.

-- Évidemment et ce qui m'incite à d'autres investigations. Je vais donc me rendre à Paris dès demain et user de tous les moyens dont je dispose pour conduire l'enquête un peu plus loin.

-- Je comprends mais je ne vois pas comment vous être utile.

-- Il s'agirait pour vous de me remplacer au bureau pour quelques jours, deux, trois au grand maximum.

-- Vous remplacer au bureau ? Je veux bien mais pour quoi y faire ?

-- Depuis le début de mes recherches sur la famille de Mérieux, je suis absolument pris par cette affaire. Mes découvertes me donnent l'envie d'aller plus loin. Le mystère qui l'entoure me passionne.

-- Je vous comprends. Expliquez-moi ce qu'il me faudra faire au bureau.

-- Vous acceptez ? Oh, merci, merci. Si j'osais, je vous embrasserais.

Ils rirent de bon cœur devant cet élan. Nathan redevint sérieux et lui expliqua ce qu'il attendait d'elle. Il lui faudrait trier les documents arrivés et à venir, les classer ainsi qu'il le lui avait montré en début de semaine et surtout répondre au téléphone, rassurer ses clients qui commençaient à s'inquiéter.

-- Qu'en pensez-vous ?

-- Je pense que je saurai faire ! Vous m'avez donné envie de découvrir toutes ces histoires cachées dans un certificat de naissance ou de mariage. Les avis de décès, sont moins agréables à consulter. C'est bon pour moi.

-- J'ai pensé aussi que vous pourriez vous installer chez moi afin de vous éviter les trajets. Vous pourriez même rester dès ce soir, la chambre d'amis est prête.

-- Vous étiez sûr que j'accepterais ? demanda Solenn

-- Sûr ? Pas vraiment mais j'espérais.

-- Je vais rentrer ce soir prévenir mes parents et préparer mon sac. A quelle heure partez-vous ?

-- Mon avion décolle à 10h 45.

-- Voulez-vous que je vous conduise à l'aéroport ?

-- Pourquoi pas ! En chemin je pourrai vous donner mes dernières recommandations ainsi que les clés de l'appartement et du bureau.

Ils convinrent d'une heure et il la raccompagna jusqu'à sa voiture. Ils échangèrent un baiser amical et elle s'éloigna. Nathan fixait les feux arrière du véhicule qui disparaissait dans la nuit, il était sur un petit nuage. Il sentait qu'elle commençait à s'apprivoiser. Il la trouvait moins sur la défensive qu'à leur première rencontre. Il avait compris qu'il ne fallait pas la brusquer, il devait la laisser venir à lui.

Laissons du temps au temps, pensa-t-il. Travailler ensemble nous permettra de mieux nous connaître.

Il aurait presque sauté de joie au risque de paraître ridicule ou ...dérangé.

* * * *

12*

Arrivés près de la porte d'embarquement, Solenn retint Nathan par le bras et déposa un léger baiser sur ses lèvres.

-- Reviens vite, murmura-t-elle et elle s'éloigna.

Surpris par son geste, le jeune homme n'avait pas réagi. Quand il reprit ses esprits, elle était déjà loin. Incrédule il passa sa main sur sa bouche comme pour y retenir la douceur du plaisir ressenti. Elle avait fait le premier pas, son cœur battait la chamade. Oh, oui, il allait faire vite et revenir vers elle. Il se sentait léger, amoureux plus que jamais. La voix de l'hôtesse lui demandant sa carte d'embarquement le ramena à la réalité.

-- Bon voyage, Monsieur.

Durant tout le vol, il repensa à ce baiser. Il arriva à Orly sans avoir vu le temps passer. Au comptoir de Hertz, il récupéra les clefs de la voiture qu'il avait louée et prit la direction de Paris.

Il avait établi son programme et pris quelques rendez-vous auprès de personnes susceptibles de lui fournir des renseignements. Il passa d'abord par son hôtel pour y prendre possession de sa chambre et y déposer son bagage. Sa première entrevue était programmée pour 15h, il avait tout son temps.

Il se présenta chez Arabesques Éditions et demanda Alexandra Lecomte, la responsable des auteurs. Une belle femme d'une quarantaine d'années s'avança vers lui, souriante, la main tendue.

Quelle classe, se dit Nathan en la voyant apparaître.

-- Alexandra Lecomte. Vous devez être Nathan Moal, le généalogiste ?

– En effet. Bonjour Madame et merci de m'accorder quelques minutes de votre temps.

-- Avec plaisir. Je ferai de mon mieux pour répondre à vos questions dans la mesure de ce que je suis autorisée à dire. Passons dans mon bureau, voulez-vous.

En la suivant, Nathan put admirer la silhouette parfaite de son hôtesse, son élégance et le discret parfum qu'elle laissait dans son sillage. Ils s'installèrent dans une pièce spacieuse, lumineuse et meublée avec goût.

-- Vous m'avez expliqué au téléphone que vous étiez à la recherche d'héritiers potentiels d'un couple décédé et sans descendance directe.

-- C'est exact. Je mène cette enquête pour le notaire chargé de la succession. Il lui tendit son accréditation.

-- Et en quoi Monsieur Fourvières vous intéresse-t-il ?

-- J'ai eu l'occasion d'écrire un article sur lui qui est paru dans Ouest France, à Brest. Il m'a confirmé avoir opté pour un pseudo. Je vous avoue que je n'ai pas songé à ce moment-là à lui demander son vrai nom. C'est l'objet de ma présence ici, aujourd'hui.

-- Je ne vois aucun obstacle à vous le donner. Ceci n'est pas un secret. Il se nomme Guillaume Fournier.

-- Puis-je avoir son adresse ?

-- Bien sûr mais vous ne le trouverez pas chez lui, il est déplacement dans le midi pour la promotion de son livre.

-- Dommage ! Pourriez-vous lui donner ma carte et lui demander de me joindre dès son retour ?

-- Avec plaisir. Avez-vous d'autres questions le concernant ?

-- Non, vous m'avez fourni tout ce dont j'ai besoin et je vous en remercie. Je vais juste attendre que M. Fourvières me contacte pour finaliser mes recherches.

Elle le raccompagna jusqu'au hall d'entrée, lui souhaita de pouvoir résoudre son problème. Une franche poignée de mains et il quitta Arabesques Éditions avec les indications qu'il espérait. Il regarda sa montre. Il avait encore un peu de temps pour se rendre à Choisy-le-Roi avant la fermeture de la mairie. Il voulait consulter le registre des naissances afin de voir si y figurait un Gilles Fauvet. Un secrétaire le reçut à qui il montra sa carte professionnelle et expliqua le but de sa démarche. Il le conduisit dans une salle équipée de nombreux ordinateurs et lui expliqua qu'il lui suffisait de rentrer un nom pour avoir à l'écran son état civil au complet. Toutes les archives avaient été numérisées ce qui facilitait le travail des employés municipaux. Après l'avoir remercié, Nathan s'installa devant un écran, entra le nom recherché. L'ordinateur lui indiqua qu'il n'existait aucune personne de ce nom sur la commune. Il s'en doutait un peu. Par acquit de conscience il entra Guillaume Fournier. Résultat négatif aussi. Il demanda à consulter la liste électorale et donna les noms et prénoms des personnes concernées à l'employé de mairie.

– Désolé, lui dit-il, je n'ai aucun de ces deux noms sur mes listes. Rapprochez-vous du fichier général à la préfecture. Peut-être obtiendrez-vous une réponse.

-- Je vous remercie ! dit Nathan et il quitta la mairie de Choisy-le-Roi. Il faudra aussi que je me rapproche de la Sécu et de la CAF. Bon, ma journée de demain va être chargée.

Il rejoignit son hôtel et s'enquit d'un restaurant dans le secteur. Il passa commande d'une belle entrecôte garnie de salade et de frites croustillantes puis il appela Solenn. Au prétexte de savoir comment s'était passé sa journée au bureau, il voulait surtout entendre sa voix et se rapprocher d'elle à travers l'espace par la magie des ondes. La voix douce de la jeune fille résonna près de son oreille.

-- Bonsoir Solenn, dit-il. C'est Nathan. Comment allez-vous ?

-- Très bien et vous ?

Bon, voilà que les banalités recommençaient. Ils étaient toujours intimidés l'un par l'autre n'osant s'affranchir de phrases toutes faites de peur de se dévoiler.

-- Comment s'est passée votre journée au bureau ? Le travail n'a pas été trop difficile, important ?

-- Difficile pas vraiment mais important. Vous aviez tellement de lettres en souffrance qu'il m'a fallu la matinée pour les ouvrir et les classer.

-- Je suis désolé de vous avoir imposé cette tâche mais je reconnais que vous m'aidez beaucoup.

-- C'est avec grand plaisir. Quelques clients inquiets ont appelé. Je les ai rassurés en leur disant que leur dossier avançait bien et que vous les contacteriez pour faire le point avec eux dès votre retour.

-- Vous êtes parfaite, Solenn ! Je savais que je pouvais vous faire confiance.

-- Vous me flattez ! Attendez de voir ce que j'ai fait, peut-être ne serez-vous plus du même avis! dit-elle en riant. Et de votre côté, avez-vous trouvez quelques réponses ?

-- Aucune pour le moment. Demain je me rendrai à la sécu et à la Caf. Ensuite il me restera la préfecture et les listes électorales. Ce sera mon dernier espoir.

-- C'est une drôle d'histoire que vous avez à élucider.

-- Le vide autour de ce personnage alors que nous
savons qu'il existe, est angoissant.

-- Quand pensez-vous rentrer ?

-- Tout va dépendre de demain. Selon mes découvertes demain soir, sur le dernier vol. Sinon Samedi
matin.

– Appelez-moi. Je viendrai vous chercher. Le temps
est long sans vous, murmura-t-elle.

-- Pour moi aussi il passe trop lentement. J'ai hâte
de vous retrouver.

-- Et si on se tutoyait ?

-- Avec grand plaisir. J'avais l'impression d'une bar-
rière entre nous.

-- Elle est tombée et j'aime ce tutoiement qui nous
rapproche. Je vais te quitter pour ce soir. Je t'embrasse.

-- Moi aussi. Bonne nuit. Je t'appelle demain.

-- A demain.

Il s'attaqua à son entrecôte d'un bel appétit et les
yeux pétillants de bonheur

Le lendemain, Nathan se dirigea vers la préfecture. Il avait réfléchi durant la nuit et s'était dit que tous les renseignements dont il avait besoin se trouveraient sur les listes électorales de la région. Il serait bien temps ensuite, et si nécessaire, de se tourner vers les deux autres organismes. L'entrée du bâtiment était surveillée par des policiers armés jusqu'aux dents. A l'accueil, il expliqua à une charmante personne l'objet de sa visite en lui présentant sa carte et son accréditation. Elle appela une employée qui le conduisit jusqu'à la salle où il pourrait consulter les listes. Là aussi des postes de travail avec des ordinateurs simplifiaient les recherches. Il introduisit d'abord Gilles Fauvet et comme il s'y attendait aucun électeur à ce nom dans toutes les communes alentour. Il fit la même opération pour Guillaume Fournier et là, bingo, s'affichèrent sur l'écran tous les renseignements le concernant. Nathan sortit son petit carnet et nota la date, le lieu de naissance et l'adresse. Pourquoi tout à coup pensa-t-il à Mathilde ? Un réflexe sans doute. Il pianota son nom sur le clavier et là de nouveau, bingo.

-- Décidément, se dit-il, j'ai de la chance aujourd'hui. Je vais pouvoir rentrer rapidement.

Comme il allait consigner les renseignements dans son carnet, une mention en rouge attira son regard. Elle disait DCD.

-- Comment ça décédée ? Ce n'est pas possible, je l'ai vue mercredi à la maison de retraite. Qu'est-ce-que c'est que cette embrouille ?

Il releva tous les renseignements et éteignit l'ordinateur. Il avait ce qu'il voulait et même plus. Il avait du temps devant lui et décida de se rendre à l'adresse de la Mathilde décédée. Peut-être avait-il affaire à une homonymie ? Il lui fallait en avoir le cœur net.

Il arriva devant un vieil immeuble, pénétra dans le hall d'entrée et vit avec satisfaction qu'une concierge occupait la loge toute proche.

-- Voilà qui va me faciliter la tâche.

Il sonna et une petite bonne femme au visage ratatiné par l'âge lui ouvrit.

-- C'est pourquoi, demanda-t-elle sur un ton assez revêche. Nous n'acceptons aucun représentant dans cet immeuble

-- Bonjour, madame ! Désolé de vous déranger. Je ne suis pas un représentant. J'aurais besoin de quelques renseignements concernant Mathilde

Bailleux. Peut-être l'avez-vous connue si vous êtes là depuis longtemps ?

-- Si je l'ai connue ? Bien sûr ! Mais que lui voulez-vous ? Elle est morte depuis de nombreuses années.

-- Puis-je entrer pour que vous me racontiez tout ce que vous savez ?

-- Faisez donc, mon bon.

Cette dernière phrase amena un sourire sur les lèvres de Nathan. La loge était encombrée de meubles vieillots, de photos, de napperons de dentelle sur les accoudoirs des fauteuils, de bouquets de fleurs artificielles. Un environnement qui n'avait pas dû changer depuis au moins cinquante ans.

Il collait bien à la petite vieille fripée qui trottinait devant lui. Aussi vieux l'un que l'autre. Il pensa que les propriétaires de l'immeuble lui avaient sans doute laissé la jouissance des lieux en échange de la surveillance du hall.

-- Asseyez-vous, lui dit-elle en désignant un fauteuil qui gémit sous le poids du jeune homme.

Il pensa – *maintenant, elle va m'offrir une liqueur d'orange ou de verveine dans un de ces petits verres qu'on ne fait plus.*

Il ne se trompait pas. Comme il acceptait, elle installa sur la table, un plateau, deux petits verres en cristal et une bouteille de Cointreau.

-- Je vous écoute, jeune homme, dit-elle en remplissant les verres.

-- Voilà, je suis généalogiste et je recherche pour un notaire de Brest, de possibles héritiers pour un couple qui vient de disparaître sans enfants ni famille proche.

-- Et que vient faire la Mathilde dans c'tte histoire ?

-- Elle apparaît sur un document. Mes recherches en préfecture indiquent qu'elle est morte. Pouvez-vous m'en dire plus ?

-- C'tte pauve fille. C'est bien triste. Figurez-vous qu'à l'âge de 35 ans les médecins ont découvert qu'elle avait une sclérose en plaques très avancée. Rapidement elle n'a plus pu sortir de chez elle.

-- Comment faisait-elle pour les courses, le ménage, enfin la vie au quotidien ?

-- Au début je me suis un peu occupée d'elle. Mais je n'étais déjà plus très jeune. Toutes les semaines, elle confiait son linge à la blanchisserie du bas de la rue. Une jeune femme venait le récupérer et le ramenait propre et repassé. Une femme gentille mais d'une tristesse ! Elle vous souriait mais on sentait en elle une souffrance terrible. Bref, ces deux-là avaient à peu près le même âge. Elles ont sympathisé et Mathilde lui a offert de vivre avec elle en échange de tout ce qu'elle ne pouvait plus faire. Nolwenn, c'était son prénom, continua son travail à la blanchisserie tout en s'occupant du travail de la maison. Elles s'entendaient bien toutes les deux. Même que la Nolwenn avait retrouvé un peu de joie. Un autre petit verre ?

– Non, merci. Pas pour moi. Continuez, votre récit est très intéressant.

Elle se resservit une nouvelle rasade.

-- Oh, y a pas grand-chose à dire. La santé de Mathilde déclina et un matin, elle ne se réveilla pas. Nolwenn s'occupa de toutes les formalités, Mathilde n'ayant aucune famille. Ensuite elle quitta l'appartement.

-- Savez-vous où est enterrée Mathilde ?

-- Au Carré de la Fraternité, à Thaïs. Avant cela s'appelait le Carré des Indigents.

-- Et Nolwenn, savez-vous ce qu'elle est devenue ?

-- Non ! Une fois tout réglé ici, elle a quitté l'immeuble. Je ne l'ai jamais revue

-- Je vous remercie. Vous venez de me fournir des renseignements précieux pour clôturer mon enquête.

-- Ravie d'avoir pu vous aider.

Elle raccompagna Nathan qui se retrouvait face à une nouvelle énigme.

 - Qui êtes-vous vraiment, Mathilde Bailleux ? se demandait-il en rejoignant sa voiture. La main sur la poignée, une idée lui vint. Et si j'allais d'abord à la blanchisserie où travaillait Nolwenn-Mathilde ? Les patrons n'y sont peut-être plus mais sait-on jamais si quelqu'un se souvenait d'elle. Il descendit la rue et s'aperçut avec satisfaction que la laverie existait toujours. Il se présenta, expliqua le but de sa démarche.

-- Je me souviens d'elle, lui dit une employée. Je suis arrivée toute jeune ici et c'est elle qui m'a formée.

-- Que pouvez-vous m'en dire ?

-- Pas grand-chose. Elle n'était guère bavarde et ne parlait jamais d'elle. Je sentais qu'elle devait avoir un passé douloureux. Elle était si souvent triste.

-- Et de sa cohabitation avec Mathilde, vous souvenez vous de quelque chose ?

-- Juste qu'elles s'entendaient bien toutes les deux, que Nolwenn avait retrouvé un peu de gaîté. A la mort de Mathilde, elle a décidé de partir.

-- Vous a-t-elle dit pourquoi et pour aller où ?

-- Pas de précision non plus. Elle quittait son emploi pour rejoindre sa famille qui avait besoin d'elle. Il me semble qu'elle se rendait en Bretagne mais sans certitude. Nous n'avons jamais plus entendu parler d'elle.

-- Merci, Madame. Vous m'avez rendu un immense service. Je vais pouvoir boucler mon dossier. Passez une excellente journée.

Bien. Cette employée confirme les dires de la concierge. Je vais aller au cimetière voir de ce côté ce que je vais trouver.

Il reprit sa voiture, introduisit Thaïs dans le GPS et décida de s'y rendre. Dix-neuf kilomètres, ce n'était pas loin.

Nathan gara sa voiture boulevard de Stalingrad et se présenta à la porte du cimetière, une imposante porte dans un style 1920. Il s'adressa au gardien pour savoir comment retrouver la tombe d'une personne enterrée dans le Carré de la Fraternité.

-- Il me faut consulter le registre des arrivées. Savez-vous quand cette personne est décédée, le jour de son enterrement et son nom évidemment.

-- Il s'agit de Mathilde Bailleux, décédée le 23 Mars 1992, à Paris et inhumée dans ce cimetière le 25.

Le gardien se dirigea vers une rangée d'étagères sur lesquelles s'alignaient de gros cahiers noirs. Il chercha l'année concernée.

-- Voyons, dit-il. Mars, le 25. Il faisait glisser son doigt d'un nom à l'autre. Je n'ai pas ce nom. Êtes-vous certain de la date ?

-- C'est ce que m'a dit la concierge de son immeuble. Êtes-vous sûr de ne pas l'avoir enregistrée ?

-- Pour ce jour-là, je n'ai qu'une femme et trois hommes.

-- Quel est le nom de cette femme ?

-- Attendez ! Il vérifiait de nouveau du bout du doigt. Elle se nommait Nolwenn Le Bihan. Je vais quand même vérifier sur les jours suivants. Il recommença à faire courir son index sur le cahier. Je n'ai pas cette personne parmi les décès.

-- Tant pis ! Je vais mieux me renseigner. Merci de votre aide. Je vous souhaite une bonne journée. Au revoir.

-- Désolé de ne pas pouvoir vous être plus utile. Au revoir.

Nathan avait caché son excitation. Encore un mystère à élucider qui avait Mathilde comme actrice principale.

Il consulta sa montre. Il aurait le temps de prendre le dernier vol pour Brest dès ce soir. Il rentra à son hôtel, demanda qu'on lui prépare sa note et monta récupérer son sac. Il en profita pour appeler le capitaine Le Floch.

-- Bonjour Capitaine, c'est Nathan. Je suis à Paris où je viens de faire une découverte très bizarre.

-- Bonjour Nathan. En quoi est-elle bizarre ?

-- Si vous le voulez bien, je préfère vous expliquer tout ça de vive voix. Pouvons-nous nous voir dimanche, chez vous ? J'aurai ainsi le temps de tout consigner par écrit et de vous en faire un dossier.

-- Je ne sais pas si je vais pouvoir tenir jusque-là, répondit le capitaine en riant. Je vous attends donc dimanche. Vous déjeunerez avec nous bien sûr.

-- Je ne saurais refuser une invitation à savourer un repas confectionné par votre épouse. Puis-je emmener mon amie, si cela ne vous dérange pas ? demanda Nathan.

-- Mais avec grand plaisir. Cela fera de la compagnie à Maëlle pendant que nous discuterons de vos découvertes.

-- A dimanche alors. Au revoir capitaine.

Il raccrocha et appela Solenn.

-- Bonjour ! dit-il, c'est moi.

-- Bonjour Nathan, je vous avais ... Oh, pardon je t'avais reconnu. Que se passe-t-il ?

-- Je rentre par le vol de 18h. Peux-tu venir me chercher ou dois-je me trouver un autre chauffeur ?

-- Bien sûr que non. Je serai là. Tu as fait plus vite que prévu ?

-- Oui, les recherches se sont enchaînées très vite. Mais je te raconterai tout ça ce soir si tu veux bien rester.

-- Je suis curieuse et impatiente. Je reste.

-- Bien. Autre chose, je vois le capitaine Le Floch à Bréhat dimanche et je l'ai prévenu que j'amènerais mon amie, si tu es d'accord.

-- Pourquoi pas ? Je préviens mes parents.

-- Génial, s'écria Nathan au comble du bonheur. A tout à l'heure. Bisous.

-- A tout à l'heure. Bisous.

Deux jours ensemble ! C'est merveilleux. Allez, en route vers l'élue de mon cœur. Décidément cette enquête aura été une aventure magique et passionnante.

L'avion se posa en douceur sur la piste, Nathan s'arrangea pour sortir dans les premiers tant il était pressé de revoir sa belle Solenn. Elle l'attendait au bas des marches et cette fois le baiser échangé fut plus passionné.

* * * *

13*

Solenn et Nathan restaient silencieux dans la voiture qui les conduisait vers Brest. Le jeune homme ne se lassait pas d'admirer sa beauté, l'ovale délicat de son visage, ce léger maquillage qui rehaussait son teint et enfin cette touche de gloss qui donnait de la brillance à son sourire. Elle était lumineuse. Sa voix douce résonna dans l'habitacle

-- Nathan, tu me sembles bien loin. Tu ne me dis rien de tes découvertes parisiennes ! remarqua-t-elle

-- Pardon ! J'étais perdu dans mon rêve. Je te raconterai tout lorsque nous serons à l'appartement. Et si nous dînions en ville ? proposa-t-il. Je prends une douche, je me change et nous sortons.

-- Pourquoi pas ! dit Solenn. Tu n'es pas trop fatigué ?

-- Non ! dit-il. Me rafraîchir me fera du bien. Tu dois avoir toi aussi des choses à me raconter.

-- Oui mais rien de nouveau pour toi. Juste un compte rendu du travail fait.

Elle se gara sur la place de parking au bas de l'immeuble et ils montèrent à l'appartement.

-- Veux-tu réserver quelque part pendant que je me change, demanda Nathan.

-- Avec plaisir. As-tu une préférence ?

-- Retournons à Latitude Crêpe, nous y étions bien et nous avons bien mangé. Cela te convient-il ?

-- Tout à fait. Je les appelle. Pour 20h, c'est bon ? Alors va vite à la douche.

Il s'enferma dans la salle de bain, une chanson aux lèvres. Il était heureux. Lorsqu'il en ressortit, il trouva la maison dans la pénombre.

-- Que se passe-t-il ? Solenn, tu es là ? Il s'affolait. Elle est partie sans rien me dire. Non ce n'est pas possible.

Il se précipita dans le séjour et s'arrêta dans l'encadrement de la porte. Les flammes tremblantes des bougies posées sur les meubles éclairaient la pièce d'une mouvante lueur dorée, sur la table recouverte d'une jolie nappe le couvert était dressé. En sourdine, une musique douce s'ajoutait au décor. Solenn assise sur le divan avait revêtu une jolie robe d'intérieur d'un bleu très pâle souligné de quelques fils d'or. Sur la petite table devant elle, deux verres remplis d'un vin à la belle robe pourpre.

-- Surprise, dit-elle en lui tendant un verre. J'ai pensé que nous serions mieux à la maison après ton séjour parisien.

-- En effet ! Il était encore sous le coup de l'émotion. Il s'installa tout près d'elle. Et tu as cuisiné aussi si j'en crois les odeurs qui me chatouillent les narines.

-- Oui, je nous ai concocté un repas simple et savoureux, du moins je l'espère.

-- Pourquoi toute cette attention ? murmura-t-il

-- Parce que je n'avais pas envie, ce soir, de te partager avec d'autres regards, d'autres personnes. Je te voulais juste à moi.

Cet aveu sonnait comme une déclaration d'amour. Il se rapprocha un peu plus, sentant la douce chaleur de son corps. Un parfum enivrant l'enveloppait.

-- Je suis heureux de ce choix. J'aime aussi t'avoir pour moi seul, t'admirer sans que d'autres yeux le fassent. Je t'aime, dit-il.

Elle vint se blottir contre lui, posant sa tête sur son épaule, les yeux fermés savourant cet instant magique où leurs deux cœurs battaient à l'unisson. Il approcha sa bouche de ses lèvres, y déposa un baiser douceur. Comme elle ne le repoussait pas, il osa un baiser plus appuyé, plus passionné. Elle y répondit avec ardeur. Elle eut un petit frémissement de plaisir quand il passa sa main dans l'échancrure de sa robe et commença à caresser sa peau. Douce comme du satin, il remonta vers sa poitrine et ses doigts enveloppèrent un mamelon qui se dressa sous ce frôlement tandis qu'elle gémissait, tendue vers cette main qui la faisait vibrer. Puis brusquement elle s'écarta de lui, se leva et devant Nathan surpris par sa réaction, laissa tomber sa robe sur le tapis, se montrant dans toute sa nudité. Ébloui, il découvrait un corps superbe, des jambes longues, des hanches rondes, une taille fine, des seins ronds et lourds de désir. Il se leva à son tour, la serra contre lui. Elle avait des papillons qui volaient dans son ventre et contre sa cuisse, sentait monter son désir. Il la souleva et se dirigea vers la chambre dont il ferma la porte du bout du pied. Les bougies finissaient de se consumer plongeant la salle dans une pénombre complice quand ils revinrent s'asseoir sur le divan. Le repas avait sagement attendu bien au chaud dans le four. Solenn alluma les chandeliers posés sur la table et présenta une assiette de saumon fumé sur toasts grillés, une lotte à l'armoricaine et son riz safrané dont ils se délectèrent et dévorèrent d'un bel appétit, aiguisé par leurs ébats. Elle avait aussi choisi un vin d'Anjou blanc pour accompagner l'entrée et le plat.

-- Pour le dessert, je me suis contentée d'aller à la pâtisserie et de commander un pommé cancalais. J'espère que tu aimes ça ! dit-elle en posant sur la table une tarte dorée et odorante ainsi qu'une belle bouteille de cidre fermier.

-- Tu as bien choisi. Tout est parfait. Tu es un amour, apprécia-t-il en lui donnant un baiser.

Le bonheur irradiait leurs visages, dans leurs yeux une lueur s'était allumée. Ils s'installèrent de nouveau sur le canapé, blottis l'un contre l'autre savourant ces instants uniques, sans parler de peur de rompre la magie de l'instant. Les regards, les gestes suffisaient. Ils s'aimèrent encore. La nuit fut longue et merveilleuse. Au petit matin, ils s'endormirent épuisés et heureux.

* * * *

Ils passèrent la journée du samedi à se découvrir, à se raconter leur vie d'avant. Solenn lui parla de cet homme dont elle avait été amoureuse avant lui, cet homme qui l'avait lâchement abandonnée sans explication, sans remords. Un matin il lui avait annoncé que tout était fini et qu'il la quittait. Après plusieurs mois de ce qu'elle croyait être de l'amour, le choc fut grand et le chagrin aussi. Depuis elle était devenue prudente et n'avait plus jamais ouvert son cœur.

-- Jusqu'à cette rencontre assez brutale, sur un quai de gare, avec un individu qui ne s'est même pas arrêté, conclut-elle avec un petit sourire taquin.

-- Si je comprends bien, j'ai eu raison de te bousculer ? demanda Nathan

- Tu m'as plu aussitôt que tu es rentré dans le wagon. Un coup de foudre dont je me suis méfiée. Encore trop fragile pour y croire et puis comment être sûre de revoir ce bel inconnu ? J'avoue aussi avoir provoqué notre rencontre au salon du livre.

-- Comment ça ? demanda-t-il surpris.

-- Je connaissais ton projet de voir le fameux écrivain. Alors je t'ai attendu, dissimulée dans un coin du stand et puis je t'ai suivi un moment avant de t'approcher. Je voulais voir ta réaction. La suite a dépassé mes espérances. Pour mon plus grand bonheur, j'ai compris que tu avais, toi aussi, été touché par la foudre.

-- Je crois que j'aurais remué ciel et terre pour te retrouver.

A son tour il lui parla de sa vie, de ses études, de sa passion pour la généalogie. Quelques femmes dans sa vie ? Oh, bien sûr quelques-unes mais des histoires courtes, sans véritable amour, juste du désir qui une fois assouvi faisait s'envoler l'oiselle.

-- Tu es la seule, l'unique. Et je t'aime. Il l'embrassa avec passion.

* * * *

14*

A la Pointe d'Arcouest, Nathan et Solenn prirent la navette de 11 h pour Bréhat. Durant la courte traversée, le jeune homme lui parla du capitaine, de sa femme, de leur jolie maison mais aussi de l'excellent repas que Maëlle Le Floch lui avait offert lors de sa première visite. Il lui expliqua aussi pourquoi Bréhat était aussi appelée l'île aux fleurs. A l'approche de la côte rocheuse, elle put constater la justesse de ce surnom. La jeune femme était émerveillée devant ce spectacle coloré. Elle remarqua aussi la profusion de corolles d'un bleu lumineux.

– Ce sont des agapanthes, lui dit Nathan.

Leurs fleurs, en forme d'ombelles aux multiples corolles, ponctuaient le décor de tâches d'azur sur fond de roches de granit.

-- C'est vraiment superbe, quelle beauté.

--Attends de voir l'intérieur de l'île. Tu vas être conquise.

Comme la première fois, le capitaine les attendait sur le ponton du débarcadère.

-- Bonjour Nathan ! Mademoiselle... ! dit-il en serrant les mains tendues.

-- Bonjour Capitaine, répondit le jeune homme. Je vous présente mon amie Solenn Le Bellec.

-- Ravie de vous rencontrer, Capitaine. Nathan me parle souvent de vous.

-- Également ravi ! Suivez-moi, nous allons rejoindre ma femme qui s'affaire à la préparation du repas. Elle est heureuse d'avoir des invités.

Ils se mirent en route à travers les petites rues pittoresques de l'île. Solenn était charmée par les jolies maisons blotties dans leurs jardins, les roses trémières qui fleurissaient à l'abri des murs, les petites rues sans voiture, livrées aux seuls pas des promeneurs.

-- Vous habitez une île merveilleuse, dit-elle au capitaine.

-- En effet, c'est un réel dépaysement de vivre ici, loin de la folie des grandes villes ou de la morosité des petits villages qui se meurent. Nous avons une qualité de vie exceptionnelle. C'est ce que nous recherchions pour la retraite.

-- Comme je vous comprends.

Ils arrivaient au pavillon du capitaine. Solenn était sous le charme. Maëlle Le Floch les attendait, souriante et ravie d'avoir des visiteurs. L'accueil fut chaleureux et les deux femmes sympathisèrent aussitôt.

Leur hôtesse s'était surpassée et les mets proposés succulents. Le repas se déroula dans une ambiance amicale. Le café servi sous la tonnelle, dans le jardin, les deux femmes décidèrent de laisser les hommes à leur dossier et de faire une promenade sur la plage. Elles s'éloignèrent en discutant comme des amies de toujours. Le capitaine commençait à s'agiter, attendant avec impatience de savoir ce que Nathan avait découvert durant son séjour à Paris.

-- Alors, s'enquit-il, que me rapportez-vous de votre ballade parisienne ?

-- Quelque chose qui va vous surprendre mais aussi ouvrir une nouvelle porte.

-- Vous me faites languir, Nathan. Je vous écoute.

-- Comme prévu, je me suis rendu au siège d'Arabesques Éditions où j'avais rendez-vous avec la responsable des auteurs.

-- Que vous a-t-elle appris sur notre romancier à succès ?

-- Elle m'a confirmé que Gaëtan Fourvières était bien un pseudo pris à la demande de l'éditeur. Son vrai nom est Guillaume Fournier. Avez-vous remarqué que tous les noms qu'il se donne ont tous comme initiales GF ?

-- En effet, constata le capitaine. Pourquoi ce choix ? Nous lui poserons la question. Continuez, voulez-vous.

-- Je me suis ensuite rendu à la mairie de Choisy-le-Roi et comme vous vous en doutiez, point de Gilles Fauvet, l'invité surprise des de Mérieux. Inconnu au bataillon, pas plus qu'un Guillaume Fournier d'ailleurs.

-- Ça alors, quel est ce mystère ?

-- Dans les deux cas, il a fourni une fausse identité pour Gilles Fauvet et une fausse adresse pour Guillaume Fournier.

-- Qu'avez-vous fait ?

-- Je me suis rendu à la préfecture afin de consulter les listes électorales. Si cet homme habitait dans ce département, je trouverais bien sa trace. En effet je l'ai retrouvé dans un petit village en périphérie de la capitale. J'ai donc une adresse précise.

-- Voilà qui est bien mais vous m'avez parlé d'une chose qui va me surprendre ?

-- J'y viens. Pendant mes recherches à la préfecture, je ne sais pourquoi le nom de Mathilde m'est venu à l'esprit. J'ai pensé que je ne risquais rien à rechercher aussi cette personne et savez-vous ce que j'ai découvert ?

-- Non bien sûr mais vous allez me le dire.

Et Nathan de lui raconter tout ce qu'il avait appris sur Mathilde Bailleux. Il parla de sa rencontre avec la concierge de l'immeuble où elle habitait, ce qu'elle lui avait expliqué de la vie de cette pauvre fille, de cette autre femme, une certaine Nolwenn, qui lui venait en aide et qui avait totalement disparu après la mort de la Mathilde, disparition confirmée par une employée de la blanchisserie où travaillait Nolwenn.

-- Je me suis présenté au gardien du cimetière de Thaïs où sont enterrés les gens sans famille. Il a consulté ses registres et n'a trouvé aucune Mathilde Bailleux à la date de l'enterrement. Ce jour-là il n'avait eu qu'une seule femme, une certaine Nolwenn Le Bihan.

-- Ben ça alors ! s'exclama le capitaine. Mathilde aurait donc usurpé l'identité de la morte. Mais dans quel but et pourquoi être venue vivre dans ce trou perdu de Bretagne ?

-- Je pense qu'il va vous falloir interroger de nouveau la vieille dame et élucider ce mystère. De votre côté avez-vous obtenu l'autorisation d'interroger Gaëtan Fourvières ?

-- Oui, le procureur a donné son accord, nous rouvrons l'enquête et, ainsi que je le prévoyais, le suspect sera pris en charge à Paris et conduit à Brest par deux inspecteurs de la brigade criminelle. Il arrivera Mardi pour être placé en garde à vue. Nous pourrons ainsi lui poser toutes les questions nécessaires. Je suis également autorisé à assister Sarah puisque c'est moi qui étais en charge de l'enquête à cette époque.

-- Pourrais-je être présent aussi ? Cette histoire me captive complètement et j'aimerais en connaître la suite.

-- Vous serez dans la salle voisine et suivrez toute la séance sur les écrans des ordinateurs qui vont l'enregistrer.

-- Merci, Capitaine.

Des rires leur parvinrent et les deux femmes apparurent. Elles s'étaient promenées sur la plage, le long des rochers. Solenn avait une fois de plus admiré le paysage et écouté avec attention ce que Maëlle lui avait confié de son existence de femme de gendarme, une vie pas toujours facile, mais la sienne. Elle travaillait avec ses parents, ostréiculteurs à Noirmoutier lorsqu'elle avait rencontré Gaël Le Floch.

-- Il était si beau dans son uniforme de gendarme qu'il a conquis mon cœur au premier regard. Nous nous sommes mariés et je l'ai suivi dans toutes ses affectations.

Elle lui avait aussi parlé de la vie à la caserne, pas toujours simple de vivre en vase clos mais c'était ainsi. Leurs deux filles, Mona et Maïna, habitaient la première à Toulouse et travaillait comme ingénieur en aéronautique chez Airbus Industrie, la seconde était médecin dans un centre hospitalier à Strasbourg. Ils se retrouvaient tous, filles, gendres et petits enfants à chaque vacance. C'est pour ces moments-là qu'ils avaient acheté cette grande maison à Bréhat. Solenn l'avait écoutée avec attention, comprenant combien Maëlle avait besoin de ce moment de confidence. A son tour elle lui avait raconté sa rencontre avec Nathan et combien elle l'aimait.

-- Alors, Mesdames, bonne promenade ? demanda le capitaine.

-- Excellente, répondit Solenn. J'ai pu admirer de plus près cette côte magnifique et cette profusion de fleurs et de couleurs. C'est vraiment extraordinaire.

-- Nous avons aussi bien papoté toutes les deux, dit Maëlle avec un grand sourire

-- Sans doute pour dire des atrocités sur nous, soupira Nathan.

Tous quatre se mirent à rire.

-- Solenn, il est temps de partir si nous ne voulons pas rater la navette.

-- Je vous attends mardi à la brigade., dit le capitaine

-- Faut-il que je vienne vous chercher ? demanda le jeune homme

-- Non, Sarah m'envoie une voiture. Nous nous verrons sur place.

-- Alors à Mardi. Ne vous dérangez pas, nous trouverons notre chemin jusqu'à l'embarcadère.

-- Merci encore de votre accueil et de cette superbe journée, dit Solenn.

-- Avec plaisir et revenez quand vous voulez, conclut Maëlle. C'est un vrai bonheur de discuter avec vous.

Une embrassade, des poignées de mains solides et amicales et les deux invités quittèrent leurs hôtes. La navette les ramena sur le continent.

-- Quel couple charmant, dit la jeune femme. Maëlle est une personne délicieuse et simple, très ouverte aussi. Quant au capitaine, c'est un amoureux de son métier même à la retraite.

-- Je te l'avais dit, ce sont des personnes adorables.

La journée se terminait, ils rejoignirent l'appartement. Ils voulaient profiter au maximum de cette dernière soirée. Le lendemain, Solenn retournerait chez elle. Mais ils envisageaient dans un avenir proche, de ne plus se quitter.

* * * *

15*

Un dernier baiser, la promesse de revenir très vite et Solenn s'en était allée. Elle devait conclure quelques dossiers et se laisser le temps d'être certaine de vouloir vivre avec Nathan. Ce qui pour lui était évident ne l'était pas encore pour elle. Il regarda la voiture disparaître dans le trafic et remonta vers son appartement. Il sortait de l'ascenseur lorsque son portable vibra dans sa poche de chemise. Le nom du capitaine venait de s'afficher.

-- Bonjour capitaine ! Un problème ? questionna-t-il

-- Bonjour Nathan. Non mais une visite qui arrive plus tôt que prévue.

-- Comment ça ?

-- La directrice de la maison de retraite m'a appelé hier soir pour m'informer que le soi-disant petit neveu de Mathilde doit passer demain vers onze heures. Nous avions décidé de le surprendre, souvenez-vous, afin qu'il nous explique ces rendez-vous mensuels.

-- Effectivement, je m'en souviens.

-- Je prendrai la navette de 10h, récupérez-moi au débarcadère. Nous irons aux « Maisons du soleil ». Nous avons aussi notre écrivain qui arrive de Paris. Il sera là vers treize heures. L'interrogatoire est programmé pour 14h. Nous avons largement le temps d'agir.

-- Ok. Je vous retrouve au débarcadère à 10h 15. A tout à l'heure.

Il raccrocha, consulta sa montre. Il avait encore assez de temps pour se rendre à son bureau.

- *Encore une journée qui va être chargée en surprises et découvertes, pensa-t-il.*

Il arriva au débarcadère comme la navette accostait. Gaël Le Floch avait revêtu sa tenue de gendarme.

-- Il le faut pour être crédible officiellement, dit-il à Nathan qui s'en étonnait.

-- Bien, en route. Comment pensez-vous procéder ?

-- Nous laisserons la rencontre se faire, nous attendrons le garçon à la grille du parc et nous l'interpellerons à ce moment-là.

-- Et pour le faire parler ?

-- Il nous faudra le conduire à la brigade. Nous ne pouvons pas le faire en dehors.

-- Vous allez le placer en garde à vue ?

-- Pas forcément. Dans la mesure où il accepte de coopérer, ce sera inutile. Cependant il nous faut rester dans la légalité pour ne pas être accusés d'abus d'autorité.

Nathan souriait.

-- Qu'est-ce-qui vous rend si joyeux, demanda le capitaine

-- J'ai l'impression d'être dans un film policier. Cette histoire mériterait qu'on en fasse un roman tant elle est passionnante.

-- Vous pourrez le faire si le cœur vous en dit lorsque qu'elle sera résolue. Ce qui me paraît de plus en plus possible à mesure que nous découvrons des éléments nouveaux qui n'avaient jamais été soulevés jusque-là Et ceci grâce à vos investigations.

-- Je ne sais pas si j'ai suffisamment de talent pour le faire mais j'y penserai.

Ils arrivaient à la maison de retraite. Ils s'entretinrent avec la directrice qui leur confirma la présence du petit cousin et leur donna son nom. Nathan gara la voiture dans une allée près de la grille d'entrée et ils attendirent. Bientôt un jeune homme d'une vingtaine d'années s'avança vers eux. Lorsqu'il arriva à leur hauteur, le capitaine se plaça devant lui. Il eut un mouvement de recul comme pour s'enfuir mais Nathan s'était positionné derrière lui l'empêchant d'envisager ce repli.

-- Erwan Guivarch ! Gendarmerie nationale, Capitaine Le Floch, dit ce dernier en lui montrant sa carte professionnelle

-- Que me voulez-vous, demanda le pauvre garçon, tout tremblant face à l'imposant Gaël.

-- Nous souhaitons vous poser quelques questions au sujet de Mathilde Bailleux. Voulez-vous nous suivre sans faire de difficulté ou dois-je vous menotter et vous mettre en garde à vue pour faciliter notre entrevue.

-- Non ! Non ! Je vous suis. Blanc comme un linge, Il était totalement paniqué.

-- Allons-y, dit le capitaine en le saisissant par le bras. Cela ne sera pas long. Juste que vous répondiez à nos questions sans mentir, en nous disant tout ce que vous savez.

-- Je pourrais vous répondre ici.

-- Non, il faut que tout ce que vous nous raconterez soit enregistré et que vous signiez le compte rendu.

* * * *

Ils gagnèrent la gendarmerie où les attendait le lieutenant Sarah Morvan.

-- Bonjour Sarah, dit le Capitaine. Nous avons ramené un poisson dans nos filets. Je dois lui poser quelques questions.

-- La salle d'interrogatoire est libre, dit-elle

-- Non, un bureau suffira. Le pauvre est assez perturbé, n'allons pas le stresser davantage. Demandez à quelqu'un de venir recueillir son témoignage.

La jeune femme les conduisit dans son bureau.

-- Installez-vous ici, vous serez tranquilles. Je vous envoie une secrétaire.

-- Merci Lieutenant. Au fait avez-vous des nouvelles de notre écrivain national ?

-- Il arrive. Les inspecteurs qui l'accompagnent, viennent de m'appeler. Ils seront là dans une quinzaine de minutes.

-- Parfait nous avons tout le temps de faire parler notre petit poisson.

Comme elle s'apprêtait à quitter le bureau, le capitaine la pria de rester.

-- Ce dossier est le vôtre maintenant. Vous devez entendre ce que ce jeune homme va nous dire.

-- Merci, Capitaine. Mais tout le mérite de sa résolution vous revient. Votre ténacité et votre flair nous amènerons à pouvoir clore définitivement ces dossiers. Faites entrer Erwan, demanda-t-elle au gendarme posté devant la porte et qui surveillait le jeune garçon.

Il était totalement affolé, se demandant pourquoi il était assis là dans le bureau du commandant de la brigade de gendarmerie. Suivirent des questions auxquelles il répondit sans détour. Oui, il venait tous les mois, à la même date. Il passait un moment avec Mathilde. Elle lui remettait une enveloppe et il repartait. Dans l'enveloppe, se trouvait l'argent qui payait son déplacement ainsi qu'une autre enveloppe. Non, il ne savait pas ce qu'elle contenait. Il avait pour mission de l'envoyer à une adresse postale, à Paris. Non, il n'était pas de la famille de Mathilde. C'est elle qui avait inventé cette lointaine cousine. Ils se connaissaient depuis le Manoir où sa mère était employée. A cette époque, il rendait de menus services à la gouvernante en faisant quelques courses pour elle. Elle avait donc conservé son numéro de portable. C'est ainsi qu'elle l'avait contacté quelques mois après le drame.

-- Voilà, je vous ai tout dit, déclara-t-il dans un soupir. Il semblait être soulagé du poids immense qui portait sur ses frêles épaules.

-- Non, vous avez omis de nous donner le nom de son correspondant.

-- Il s'appelle Guillaume Fournier.

-- Tiens, tiens ! se dit Nathan, drôle de coïncidence ! Comme c'est bizarre.

-- Imprimez sa déposition, demanda Sarah, à la secrétaire. Lorsque vous l'aurez lu et signé, dit-elle en s'adressant à Erwan, vous pourrez rentrer chez vous. Une dernière chose : tenez-vous à la disposition de la gendarmerie. Faut-il vous raccompagner ?

-- Non ! Merci Madame, j'habite pas loin d'ici.

Ce « madame » fit sourire Sarah.

-- Avez-vous entendu le nom auquel il expédie l'enveloppe ? Guillaume Fournier, le vrai nom de notre romancier.

-- Il devient évident que la gouvernante a joué un rôle dans ces deux affaires. Je crois que nous devrions l'interroger de nouveau mais ici pas à la résidence. Lieutenant, je pense aussi qu'il nous faut un mandat de perquisition afin de fouiller sa chambre. Voulez-vous prévenir le procureur, lui expliquer nos soupçons pour qu'il nous le délivre rapidement.

-- Je m'en charge. Notre invité arrive, dit-elle en entendant un bruit de moteur dans la cour. Installez-vous dans la salle d'interrogatoire et vous Nathan, venez avec moi. Il ne faut pas qu'il vous voie. Le capitaine s'installa dans la salle, et Nathan dans la pièce voisine où étaient disposés deux écrans télé.

-- D'ici vous pourrez tout voir et tout entendre.

-- Merci lieutenant. J'ai hâte de savoir ce que ce monsieur va nous raconter.

-- Je vous avoue que moi aussi. Imaginez ! Résoudre ces deux énigmes en une seule fois ! Quel succès pour la brigade et cela grâce à vous.

-- N'allons pas trop vite. Nous avons de nouveaux et nombreux indices. Espérons qu'ils vous aideront à confondre l'assassin.

-- Je vais rejoindre les autres. A tout à l'heure. Au fait, j'ai une oreillette. Appuyez sur ce bouton si vous voulez me parler.

-- Compris. A tout à l'heure.

* * * *

Gaëtan Fourvières, alias Guillaume Fournier, était assis face au capitaine Le Floch et se demandait mentalement pourquoi il se trouvait là. Les inspecteurs qui l'accompagnaient lui avaient juste expliqué que l'on avait besoin de son témoignage dans une affaire de meurtre. Qu'est-ce que cela voulait dire ? Il paniquait un peu malgré son apparence décontractée. Sarah pénétra dans la pièce, se présenta et vint s'asseoir près de Le Floch. Elle enclencha le système d'enregistrement et débita rapidement les formules habituelles, la date, le jour, l'année, l'heure, son nom et celui de son assistant.

-- Monsieur Fourvières, ou plutôt Guillaume Fournier, vous allez être entendu à titre de témoin dans une affaire remontant au mois de Novembre 2018. A votre tour, dit-elle. En s'adressant à l'écrivain. Votre état civil, votre profession, votre adresse.

-- Je m'appelle Guillaume Fournier, je suis né à Pacy-sur-Eure le 23 mars 1973. J'étais commercial pour une société de machines agricoles. Depuis quelques mois, j'ai changé d'orientation et suis devenu écrivain.

-- Votre livre s'appelle bien « L'enfant du pêché » ?

-- C'est bien ça. Je l'ai écrit en me basant sur la vie d'un garçon ...

-- Bien. Pouvez-vous nous dire où vous vous trouviez la nuit du mardi 6 novembre 2018 ?

-- Mais c'est loin. Je ne sais plus, peut-être chez moi.

-- Cherchez bien, creusez votre mémoire ! Vous êtes sûr de ne vous rappeler de rien ? Il faisait très froid ce soir-là et la neige menaçait. Toujours rien ?

-- Ben, non. Il paraissait vraiment avoir tout oublié.

-- Bon je vais vous raconter une histoire. Peut-être la mémoire vous reviendra-t-elle. Nous sommes à Lanrivoaré, un petit village breton. Ce mardi-là, une voiture tombe en panne devant une belle demeure. Dans le pays on la nomme Le Manoir. Un homme en descend et comme il ne connaît rien à la mécanique, demande aux occupants de la maison la possibilité de téléphoner à un dépanneur. Toujours rien ? Pas même une petite lueur ?

Guillaume Fournier se tortillait sur son siège, de plus en plus mal à l'aise. La sueur perlait à son front et il sentait un courant chaud lui parcourir le dos.

-- Un problème de vessie, monsieur Fournier ? Avez-vous besoin d'aller aux toilettes ?

-- Non, merci.

La voix n'était plus aussi assurée et claire qu'au début. Il avait du mal à déglutir.

-- Je continue. Je disais donc un homme d'une cinquantaine d'années se présente à la porte du Manoir. C'est Mathilde, la servante qui lui ouvre. Dois-je continuer ou avez-vous retrouvé la mémoire ?

-- Oui, arrêtez. Je me suis bien présenté chez ces personnes.

-- Vous voyez quand vous voulez, dit Sarah qui conduisait l'interrogatoire de mains de maître. Racontez-nous, expliquez-nous.

L'écrivain pris une grande inspiration et commença son récit. A la demande d'un ami, il s'était introduit chez ces gens afin de connaître leur façon de vivre, de les « évaluer ». Il les avait jugés prétentieux et pédants. Le mari se prétendant écrivain, il avait joué le rôle d'un découvreur de talents pour une grande maison d'édition parisienne.

-- Il était tellement imbu de sa personne qu'il a aussitôt mordu à l'hameçon que je lui tendais. C'est ainsi que je me suis retrouvé invité à passer la nuit chez eux. Mais comme je n'avais pas envie de les revoir, je suis parti au petit matin, le plus discrètement possible.

-- Et vous les avez assassinés avant de vous enfuir.

-- Assassinés ? Mais non, s'insurgea Guillaume. Quand j'ai quitté les lieux, ils dormaient. J'entendais les ronflements du mari à travers la porte de leur chambre.

-- A quelle heure avez-vous quitté le Manoir, demanda le capitaine

-- Il devait être cinq heures du matin. Tout le monde dormait encore.

Le Floch et Sarah se regardèrent. Le légiste avait établi la mort entre 5h 30 et 6h.

-- Pouvez-vous prouver que vous avez bien quitté le Manoir à cette heure-là ?

-- Non, comment voulez-vous que je le fasse, personne ne m'a vu partir. Il réfléchit un instant. Attendez, j'ai fait le plein dans une station-service à la sortie du village et payé avec ma carte bleue. J'ai également pris un café avec le gérant de la station. Nous avons discuté un moment.

-- Valentine, appela le lieutenant. Voulez-vous vérifier l'alibi de Monsieur. Prenez sa photo, dit-elle en lui tendant le cliché, et voyez si le pompiste a gardé quelques souvenirs son passage.

-- A vos ordres, répondit Valentine qui sortit rapidement.

-- Poursuivons, dit Sarah. Qu'avez-vous emporté, pour ne pas dire volé, au moment de votre départ.

L'homme baissa la tête. Il était épuisé par le feu roulant des questions de ces accusateurs. Il les regarda l'un après l'autre.

-- Pourquoi me poser la question puisque vous connaissez la réponse ?

-- Pour vous l'entendre dire.

-- Je suis parti en emportant le manuscrit de Paul-Louis de Mérieux.

--Et c'est tout ? Rien d'autre ?

-- Non, rien d'autre. Que vouliez-vous que j'emmène avec moi ? Je ne suis ni un voleur ni un assassin.

-- Vous êtes certain de ne pas avoir pris un album photos ?

-- Absolument. Qu'aurais-je fait d'un tel objet ?

-- Le remettre à celui qui vous avait demandé de vous introduire dans cette famille.

-- Eh bien, non. Il souhaitait se rapprocher d'eux pour une raison que j'ignore mais craignant de ne pas y être à sa place, il voulait juste que je lui donne mon avis

-- Et qui est cet ami ?

-- Un ami. Venu dans ma famille qui était famille d'accueil, après la mort de ses parents adoptifs, il a partagé ma vie jusqu'à ses 18 ans. Puis il a disparu. Un matin il m'a appelé sur mon lieu de travail me demandant de me rapprocher des de Mérieux pour les jauger. Il m'offrait une somme importante que je n'ai pu refuser.

-- Qui est-il ? Donnez-nous son nom et son adresse. Nous irons l'interroger.

-- Je ne peux rien vous dire. Nos échanges se sont faits par téléphone, la somme d'argent déposée dans ma boîte aux lettres. Je n'ai plus eu aucun contact depuis.

-- Son nom, insista le lieutenant

-- Nolan Lenfant, je ne sais rien de lui ni de sa nouvelle vie.

-- Et vous ne l'avez jamais revu après son départ de chez vos parents ?

-- Plus jamais jusqu'à son appel téléphonique. Je ne saurais même pas le reconnaître physiquement. Vingt-cinq ans, ça doit changer un homme.

Dans l'oreillette la voix de Nathan résonna.

– Demandez-lui s'il sait où il est né et parlez-lui des lettres qu'il reçoit tous les mois.

-- Savez-vous où est né ce Nolan Lenfant ?

– A paris mais je ne peux pas être plus précis.

-- Un dernier détail, s'enquit Sarah. Vous ne nous avez pas parlé de l'enveloppe que vous recevez tous les mois.

-- Une enveloppe ? Tous les mois ? Il réfléchissait. Ah oui, c'est vrai. Un courrier venant de Bretagne.

-- Savez-vous de qui elle vient ?

-- Absolument pas ! Je la réceptionne, un point c'est tout.

-- C'est tout ? Qui vous en donne l'ordre ? Qu'en faites-vous ?

-- Tout comme pour ma visite au Manoir, j'ai reçu l'ordre par téléphone. Je dois me rendre aux jardins du Luxembourg, m'asseoir sur un banc bien précis et glisser l'enveloppe sous le siège. Cette opération faite, je dois quitter les lieux.

-- Avez-vous une idée de qui pourrait agir de la sorte dans votre entourage ?

-- Aucune ! Tout ce que je peux dire c'est que cette personne me connaît : elle a mon adresse et connaît mon emploi du temps.

-- Un vrai roman d'espionnage ! marmonna Nathan

-- Et vous n'avez jamais essayé de voir qui récupérait l'enveloppe ? demanda le capitaine

-- Si mais à chaque fois personne ne s'est présenté.

-- Je suppose que vous receviez vos ordres par téléphone

-- Il ne m'a appelé qu'une fois pour mettre son plan au point. Tous les mois je reçois l'enveloppe, je la mets sous le banc et j'ai mon argent dans ma boîte aux lettres.

Le silence s'établit dans la pièce. Le capitaine et Sarah sortirent de la salle d'interrogatoire pour rejoindre Nathan. Valentine revenait avec la vérification de l'alibi de Guillaume pour le matin du 6 novembre 2018.

-- Le gérant de la station se souvient très bien de lui. Il fut son premier client de la journée. J'ai pu visionner l'enregistrement de son passage grâce à la caméra extérieure. Il m'a remis le CD, dit-elle en le posant sur la table

-- Il m'a servi le même discours lors de mon interview. Je pense qu'il dit la vérité sur ce point, déclara Nathan. Que comptez-vous faire, demanda-t-il ?

-- Nous allons devoir le relâcher. Nous ne pouvons l'accuser que du vol du manuscrit et de sa publication illégale.

-- Nous voilà de nouveau dans une impasse, conclut le capitaine. Notre dernier espoir reste Mathilde.

Le lieutenant Sarah Morvan rejoignit la salle d'interrogatoire pour signifier à Guillaume Fournier sa remise en liberté.

-- Vous serez convoqué à titre de témoin lors du procès du meurtrier quand nous l'aurons appréhendé. Vous serez également convoqué devant un tribunal pour le vol du manuscrit et sa publication illégale. Messieurs, dit-elle aux inspecteurs qui l'avaient accompagné, ce monsieur est libre. Il peut rentrer à Paris. Merci à vous de l'avoir escorté jusqu'ici et bon retour. Monsieur Fournier faut-il vous accompagner à la gare.

-- Non, dit-il, je vous remercie. Mon attaché de presse m'attend.

Il désignait un petit homme rondouillard, un peu rougeaud, boudiné dans un costume violine. Ses cheveux qui semblaient ne pas avoir vu de coiffeur depuis longtemps, se rebellaient en épis mal coiffés. Posée sur ses épaules, une veste en mouton retourné quelque peu usagée. Appuyé à une 205 fatiguée, il attendait patiemment.

Nathan qui l'observait depuis la fenêtre du bureau, s'interrogeait

– A croire qu'il n'a qu'un seul costume. Pauvre Nicolas Langlois que va-t-il devenir maintenant que notre écrivain en vogue ne pourra plus toucher ses droits d'auteur. Va-t-il retourner à la rue ?

Comme elle rejoignait la salle où se tenait Nathan, le portable de Sarah sonna. C'était le procureur qui la prévenait qu'il envoyait par fax le mandat pour perquisitionner chez Mathilde.

-- Merci, lui dit-elle. Elle reste notre dernier suspect. Nous nous rendrons à la maison de retraite dès demain.

-- Soyez malgré tout prudents dans votre approche. C'est une vieille personne et quoi qu'elle ait pu faire, ménagez-la. Elle est notre dernier pion. A manipuler avec précaution. Tenez-moi au courant. Bonne continuation, lieutenant.

-- Merci monsieur le Procureur. Nous mettrons nos gants blancs pour l'occasion.

Elle annonça aux personnes réunies dans la salle qu'ils avaient le feu vert pour auditionner Mathilde et fouiller sa chambre.

-- Nous nous y rendrons dès demain. Départ pour 9h. Laissons la se reposer.

Nathan l'interrompit.

-- Accordez-moi 24 h avant d'aller la trouver.

-- Pourquoi faire ? s'enquit le lieutenant

-- Pour me rendre à Paris et faire une ultime recherche auprès de la DASS. Je pense que je pourrais ramener quelques renseignements plus précis sur Nolan Lenfant.

-- Et quelles informations pensez-vous obtenir ?

-- Le nom de sa mère car je pense que Lenfant doit être celui de ses parents adoptifs.

-- Je vous accorde 24h. Nous remettons la perquisition à Jeudi, pas un jour de plus.

-- Devons-nous prévenir la directrice ? demanda le capitaine

-- Je pense plus prudent de ne rien dire de notre venue. Sait-on jamais ! Une parole qui échapperait et tous nos espoirs seraient compromis. Nous en avons terminé pour aujourd'hui. Messieurs je vous souhaite une agréable soirée. A Jeudi 9h.

-- Bonne soirée à vous aussi.

Nathan et Gaël Le Floch se dirigèrent vers la voiture du jeune homme.

-- Pouvez-vous me conduire à la Pointe d'Arcouest, demanda le capitaine Je vais rentrer puisque nous ne nous déplacerons que Jeudi. Maëlle est seule, je vais la rejoindre.

-- Avec plaisir. Embrassez-la pour moi, dit Nathan. A jeudi. Je vous attendrai à la navette de 8h.

Le véhicule s'éloigna et le capitaine s'installa sur une banquette à l'avant du bateau. Il en avait des choses à confier à sa femme. Il avait aussi hâte d'être à Jeudi. Comme un chien sur la trace du gibier, il sentait le dénouement approcher.

De son côté, Nathan appela Solenn. A travers ses paroles et au son de voix, il sentit son bonheur de l'entendre, de lui parler.

-- Deux jours sans toi et le monde devient triste et sombre.

-- Pour moi aussi bien que je sois très occupé. Je m'absente demain

-- Où vas-tu, demanda Solenn

-- Je monte à Paris pour un tout dernier contrôle. Je pense que nous atteignons la fin de l'histoire.

-- C'est le capitaine qui va être heureux. La résolution de cette enquête lui tient tellement à cœur. Je pense qu'ensuite il profitera pleinement de sa retraite.

-- Je pense effet que ce sera l'aboutissement de toute une carrière bien remplie. Quand reviens-tu, mon cœur ?

-- Je ne sais pas encore. Ne t'impatiente pas, tu veux bien ? C'est une décision importante et je ne veux pas compromettre notre avenir.

-- J'attendrai, chérie. Prends tout le temps dont tu as besoin. Je t'attendrai. Dors bien. Je t'aime.

-- Moi aussi, je t'aime.

Il éteignit son portable et se coucha. Demain sa journée serait une folle journée. Il lui fallait se reposer. Il avait prévu de prendre le premier TGV du matin.

16*

Aussitôt arrivé gare Montparnasse, Nathan s'engouffra dans un taxi qui le conduisit au siège de l'Aide Sociale à l'Enfance. Accueilli par une hôtesse à qui il présenta sa carte professionnelle, il fut dirigé vers le bureau réservé aux naissances sous X. L'assistante sociale présente rechercha le dossier de Nolan Lenfant et expliqua

-- Cet enfant est né en 1973, il a passé deux mois à la pouponnière avant d'être adopté par M. et Mme Lenfant qui sont devenus ses parents. Pour son malheur, ils se sont tués dans un accident et Nolan s'est retrouvé ballotté de famille d'accueil en famille d'accueil. Heureusement il a fini par être intégré dans un foyer où il a retrouvé un peu de chaleur et d'amour. Il les a quittés à ses dix-huit ans.

-- *Déjà entendu ça quelque part, pensa-t-i*l. Pouvez-vous me donner le nom de cette famille ainsi que le nom de sa mère biologique.

-- Bien sûr. Elle griffonna deux noms sur un papier qu'elle lui tendit. Je dois aussi vous signaler que sa mère avait rédigé une lettre à son attention, une enveloppe assez grosse que nous devions lui remettre à ses vingt et un ans.

-- Avez-vous pu le faire ?

-- Oui, nous avions pris soin de suivre son parcours ce qui nous a permis de respecter les vœux de sa maman. Puis-je vous être utile à autre chose ? demanda-t-elle.

-- Avez-vous son adresse actuelle ?

-- Non. Nous avons accompli notre mission. Nous n'avons plus aucun contact.

-- Dommage mais merci de votre aide. J'espère pouvoir le retrouver. Bonne journée.

-- Bonne journée à vous aussi.

Une poignée de mains et il sortit du bureau. Il s'arrêta un instant le temps de lire les deux noms inscrits sur le papier que lui avait remis l'assistante sociale. Il ouvrit de grands yeux.

-- Ah, ben ça alors ! Son cerveau ne croyait ce que ses yeux lisaient. Ça alors. Je m'en doutais.

Il fila à la station de taxis la plus proche et arriva à la gare à temps pour prendre le TVG en partance pour Brest. Il mit à profit le temps du voyage pour rédiger une note à l'attention du capitaine et une autre pour Sarah Morvan, commandant la brigade de ST Renan. Puis il appela Solenn.

-- Bonsoir, mon cœur, dit-il. Comment vas-tu ?

-- Très bien et toi ? As-tu pu mener à bien ta recherche ?

-- Oui et au-delà de mes espérances. J'ai fait une découverte qui va nous conduire à la résolution des deux énigmes.

-- C'est le capitaine qui va être satisfait. Quand rentres-tu ?

-- A n'en pas douter. Je suis dans le train, j'arrive. Me rejoindras-tu ce soir ?

-- Je n'ai pris pas ma décision définitive.

-- Pardon, amour, je te brusque encore. Quand tu voudras, je serai là. Je t'embrasse. Je t'aime.

-- Moi aussi. Je t'aime fort.

Nathan raccrocha et s'installa en position relax pour les derniers kilomètres. Derrière ses paupières closes se dessinèrent un décor de bougies parfumées et la vision d'un corps sublime. Un sourire anima ses lèvres.

La navette accosta dans un dernier remous de son hélice et le capitaine sauta sur le ponton. Nathan le sentait pressé de savoir. Tout juste s'il lui dit bonjour.

-- Alors, demanda-t-il la voix vibrante d'impatience. Qu'avez-vous trouvé de si important ?

La veille, le jeune homme l'avait appelé en lui disant qu'il rentrait avec des réponses intéressantes et qu'il lui dirait tout de vive voix.

-- Voilà, répondit ce dernier en lui tendant le dossier préparé à son attention.

Le Floch tourna rapidement les pages, son visage changeait d'expression au fur et à mesure de sa lecture.

-- Alors là, pour une surprise, c'est une surprise. Nolan Lenfant dont nous a parlé l'écrivain est le fils de Mathilde ou plutôt de Nolwenn ! Merci Nathan ! Je commence à comprendre pourquoi ces deux meurtres identiques à vingt-cinq ans d'intervalle. Avec tous ces renseignements, la résolution de l'enquête ne fait plus aucun doute. Votre aide nous aura été précieuse. Rejoignons la brigade, voulez-vous ? Il ne faut pas manquer le dénouement.

-- A vos ordres, mon capitaine, dit Nathan amusé. En voiture, s'il vous plaît.

* * * *

Il était 9h 30 lorsque les deux voitures de la gendarmerie franchirent la grille d'entrée de la Résidence Les Maisons du Soleil. Deux gendarmes descendirent et se postèrent aux emplacements désignés par le commandant de la brigade. Une autre équipe suivit le lieutenant Sarah Morvan, le Capitaine Le Floch et Nathan Moal qui vivait cette aventure avec passion, ne perdant rien de tout ce qui se passait. La directrice alertée par ces mouvements inhabituels et le bruit de voix inconnues sortit de son bureau.

-- Lieutenant Sarah Morvan, commandant la brigade de gendarmerie de St Renan, se présenta-telle. Vous connaissez déjà le capitaine Le Floch et Nathan Moal, généalogiste.

-- Bonjour ! Que se passe-t-il ? demanda-t-elle troublée par ces hommes et femmes en uniformes envahissant son établissement.

-- Nous sommes désolés de ne pas vous avoir prévenue mais c'était nécessaire au bon déroulement de notre visite. Je vous promets de ne pas perturber la tranquillité de vos pensionnaires. Nous avons un mandat de perquisition pour la chambre de Mathilde Bailleux. Est-elle réveillée ?

-- Oui, elle a pris son petit déjeuner et est retournée chez elle.

-- Accompagnez-nous, voulez-vous, demanda Sarah

-- Suivez-moi

La directrice s'avança dans un couloir, s'arrêta devant une porte.

-- Sa chambre est là. Avez-vous encore besoin de moi ?

-- Non, vous pouvez retourner à votre bureau. Nous vous appellerons lorsque nous aurons terminé la fouille.

Elle frappa doucement à la porte. Une voix quelque peu éraillée la priva d'entrer.

-- Mathilde Bailleux ? Bonjour ! Lieutenant Sarah Morvan, commandant la brigade de gendarmerie de St Renan.

-- Tiens ! Tiens ! fit-elle. Les gendarmes ! Décidément vous ne pouvez plus vous passer de moi. Et où est mon gendarme préféré ?

-- Je suis là, dit Gaël Le Floch en s'avançant. Bonjour Mathilde, comment allez-vous ?

-- Pas trop mal si ce n'est mon vieux cœur qui a quelquefois des ratées mais je fais avec. A mon âge il faut prendre les jours comme ils viennent, l'un après l'autre en espérant être encore là le lendemain.

-- C'est très raisonnable.

-- Qu'est-ce qui me vaut votre visite du jour avec toutes ces jolies demoiselles ?

Sarah qui avait choisi de faire pratiquer la fouille par trois jeunes femmes, s'approcha

– Dans le cadre des affaires de Mérieux, père et fils, assassinés comme vous le savez, et au vu de nouveaux éléments, le procureur de la République a ré ouvert les enquêtes et ordonné la perquisition de votre chambre. Elle lui plaça entre les mains le mandat.

-- Mais qu'espérez-vous trouver chez une vieille femme comme moi ? Que pensez-vous que j'ai pu cacher ici ?

– Nous verrons bien. Souhaitez-vous assister à la fouille ou voulez-vous qu'on vous conduise au salon ?

– Je vais rester.

-- Mesdames, à vous, ordonna le lieutenant

Il n'y avait guère de meubles dans cette chambre : une armoire, une commode et deux chevets. Elles en eurent bientôt fait le tour, plaçant dans un carton tout ce qui leur semblait en rapport avec l'affaire.

-- N'oubliez pas de soulever les piles de linge, de vérifier le dessus de l'armoire. Faites-en sorte de tout remettre en place.

La fouille ne montrait rien de bien intéressant quand une des jeunes femmes qui avait grimpé sur une chaise trouva sur l'armoire une boite. Elle la tendit à Sarah. Dans son fauteuil près de la fenêtre, Mathilde avait pâli et s'était recroquevillée sur son siège. Elle ferma les yeux.

A ses côtés depuis le début de la fouille, le capitaine la vit se décomposer. Il comprit qu'ils touchaient au but.

Sarah Morvan examina le coffret. C'était un bel objet en bois incrusté de nacre, un cadenas travaillé le fermait.

-- Pouvons-nous avoir la clef, s'il vous plaît, demanda le lieutenant.

-- Vous n'avez pas le droit, c'est toute ma vie que je conserve là. Mes secrets ne regardent que moi.

-- Désolé, Mathilde, murmura le capitaine, mais nous devons tout contrôler. Dites-nous où est la clef.

-- Sur mon cœur, finit-elle par dire en sortant de son corsage une chaîne en or où pendait la petite clef ouvragée.

-- Merci. C'est mieux ainsi.

Sarah ouvrit le coffret, il contenait peu de choses un album photos et une photo seule. Tout au fond, enroulé dans un linge, un objet assez lourd. Le lieutenant reconnut aussitôt une arme.

-- Madame Mathilde Bailleux ou devrai-je dire Nolwenn Le Bihan ?

-- Pourquoi ce nom, demanda-t-elle la voix tremblante ? Ce n'est pas le mien !

-- Nous avons toutes les preuves en notre possession aussi je vous place en garde à vue à compter de ce jour, Jeudi 28 Mars 2019, 10h 30. Mesdames veuillez l'aider à s'habiller et à nous suivre. Nous rentrons.

Mathilde alias Nolwenn s'était murée dans le silence et suivit les gendarmes sans offrir de résistance. Elle savait son heure venue. Qu'importe, elle avait réussi. Son visage reprit une expression plus sereine. Un sourire l'illuminait. Conduite à la gendarmerie, Mathilde ne fit aucune difficulté et reconnut rapidement être l'auteur des quatre meurtres commis à vingt-cinq ans d'intervalle. Cependant elle refusait d'en expliquer les raisons. Elle avoua aussi son usurpation d'identité, le vol de l'album photos, celui de la photo de Charles-Edouard de Mérieux, seul avec un bébé dans les bras.

-- Pourquoi avoir conservé cette photo ? demanda le capitaine.

-- Parce que cet homme a été le seul homme dans ma vie et que je l'ai aimé autant que je l'ai haï. C'est mon fils qu'il aurait dû tenir dans ses bras.

Elle présenta soudain des signes de fatigue évidents. Le lieutenant stoppa l'interrogatoire.

-- Ce sera tout pour aujourd'hui. Nous reprendrons demain.

Elle lui signifia sa mise en examen et sur ordre du Procureur, la fit conduire à la prison pour femmes de Brest.

Au vu de son grand âge, Sarah Morvan demanda qu'elle soit placée dans une cellule seule, qu'une surveillante, toujours la même, s'occupe d'elle, qu'on améliore ses repas. La directrice de la prison comprit la position du commandant de la brigade et s'arrangea pour que Mathilde soit bien traitée. Surtout pour éviter qu'un malaise cardiaque ne l'emporte avant ses aveux.

17*

Une pièce aux murs de béton gris qui suintaient, une table en son milieu, trois chaises en fer d'un confort très spartiate, un miroir et dans un angle face à la table le voyant rouge de la caméra qui clignotait. Un environnement glacial, lourd d'un silence assourdissant, le décor était planté. Assise face au lieutenant Sarah Morvan et au capitaine Le Floch, Mathilde les dévisageait l'un après l'autre d'un regard vide, absent et pourtant terriblement impressionnant, à faire baisser les yeux de ces professionnels endurcis, rompus aux atrocités qu'ils entendaient parfois. Nathan avait été admis à suivre l'interrogatoire dans la salle voisine équipée d'écrans. Le commandant de la brigade avait placé un magnétophone au centre de la table et après les formules d'usage, s'adressa à Mathilde

-- Parlez Mathilde ou Nolwenn comme vous préférez, mais parlez. Racontez-nous ! Dites-nous quelles souffrances, quelles douleurs vous ont conduite à commettre ces quatre meurtres.

Sarah Morvan s'adressait à cette femme avec de la douceur dans la voix. Elle ne voulait pas se montrer trop dure, elle ne voulait pas obtenir des aveux forcés, des aveux sous la pression des questions. Non, elle espérait une confession sans contrainte.

La vieille femme ferma les yeux semblant se retirer loin, très loin à l'intérieur d'elle-même, à la recherche de cette vie qui fut la sienne. Soudain claire et posée, sa voix s'éleva dans l'atmosphère oppressante qui avait envahi les lieux, la voix de ses jeunes années douce, chantante, heureuse...

« J'avais vingt ans, juste vingt ans. J'étais belle mais surtout pure et naïve. J'étais heureuse d'avoir enfin trouver un travail. Oh ! Pas un travail extraordinaire mais qui me permettrait d'aider un peu mes parents. Ils étaient très âgés et méritaient bien de se reposer après une vie de dur labeur. J'étais seule à m'occuper d'eux depuis que mes frères et sœurs avaient quitté le village et fait leurs vies ailleurs. J'avais été embauchée comme lingère au Manoir. Pouvez-vous imaginer pareille chance ? Je côtoyais des gens plus importants que moi, je vivais dans cette grande maison, pour moi un château. Bien vite j'attirai l'attention du maître des lieux. Il ne manquait jamais une occasion de se trouver sur mon chemin, de se présenter à la lingerie sous n'importe quel prétexte. Cela commença par des sourires enjôleurs, puis des regards insistants, appuyés, une main douce qui retenait la mienne quand il me saluait, en somme tout l'arsenal du séducteur-chasseur pistant sa proie. Je tombai sous le charme de cet homme élégant, beau parleur, à la voix chaude et profonde. Il fut facile à cet énergumène de me mettre dans son lit. Durant quelques mois, je vécus sur un petit nuage.

Je découvrais l'amour, celui du cœur battant et celui du plaisir. Un matin, le ciel me tomba sur la tête quand je compris que j'attendais un enfant. Je le soupçonnais depuis quelques jours espérant me tromper mais ce jour-là plus aucun doute ne fut possible. Je mis quelque temps à l'annoncer à mon séducteur. Il rentra dans une rage folle à l'annonce de cette paternité dont il ne voulait pas. Il m'accusa même de vouloir le faire chanter avec l'enfant d'un autre. C'est ainsi qu'un matin de novembre alors que la neige recouvrait la nature, il me mit à la porte avec ordre de disparaître définitivement de la région et de sa vie. Une petite valise, un billet de train, une enveloppe contenant de l'argent et une lettre de recommandation, c'est muni de ce maigre bagage que je m'éloignai du Manoir, de mon village, de mes parents, me jurant que j'y reviendrais et me vengerais. »

Mathilde marqua une pause, fit le tour des visages qui l'entouraient. Attentifs et fermés, ils ne laissaient rien paraître de l'émotion qui commençait à les étreindre. Ils étaient tous suspendus à ses paroles, essayant de deviner la suite des événements.

« Histoire sordide, n'est-ce-pas ? Mais tellement banale. Une pauvre fille chassée de chez elle, abandonnant ses parents, ses amis, son village, tout ce qu'elle aimait. J'arrivai à Paris où Novembre avait mis de la neige partout. C'était beau mais terriblement impressionnant et angoissant pour la provinciale que j'étais. Un petit vent glacial soufflait, mordant les joues, les mains, s'infiltrant sous mon manteau si léger. Perdue sur ce quai de gare, je me demandais comment rejoindre l'adresse confiée par le maître. Je me décidai à prendre un taxi tant pis si cela me coûtait quelque argent. Lorsque la porte s'ouvrit, une domestique en tablier blanc me toisa, m'indiquant que pour du travail, je devais passer par l'escalier de service situé dans la cour.

-- J'ai une lettre à remettre à Monsieur Chassagne.

-- Attendez là.

La domestique me fit entrer dans le hall, referma la porte et s'éloigna. Elle revint bientôt, me demandant de la suivre et me conduisit à un bureau.

-- Installez-vous, Monsieur arrive.

Intimidée par la beauté des lieux, je m'assis sur le bord du fauteuil, serrant mon sac à main contre moi comme pour me protéger. A l'entrée de l'homme, je me dressai d'un bond et attendis.

-- Bonjour, Mademoiselle. Vous avez une lettre à me remettre

-- Oui, Monsieur. De la part de Charles-Edouard de Mérieux. Voici.

Je lui tendis l'enveloppe cachetée. Il commença à l'ouvrir.

–Mais asseyez-vous, dit-il aimablement en contournant son bureau pour s'installer dans un magnifique fauteuil en cuir. Il lut avec attention et je vis son visage s'assombrir au fil de sa lecture.

-- Je vais vous offrir une chambre pour deux jours. Vous les mettrez à profit pour vous trouver un logis. C'est tout ce que je peux faire pour vous.

Le ton était devenu soudain moins avenant. Je me tassai un peu plus sur mon fauteuil. De nouveau j'étais devenue une paria. Entre gens du même monde on se comprend et l'on s'aide. Il se leva et appela la servante.

-- Rose, veuillez raccompagner Mademoiselle. Vous lui préparerez la chambre sous le toit. Quant à vous, passez par la cour et l'escalier de service pour revenir dans la maison. Soyez partie dans deux jours.

-- Merci, Monsieur, dis-je d'une voix étranglée par les sanglots. Je vais essayer de trouver un logement très rapidement. Je ne veux pas vous causer d'ennuis.

Je n'avais pas terminé ma phrase qu'il était déjà hors de la pièce. Je récupérai la lettre laissée sur le bureau, l'enfouis dans la poche de mon manteau et suivis Rose. Quel réflexe m'avait conduite à faire ce geste ? Avec le recul des ans je peux dire que la peur venait de faire place à la haine, une haine terrible envers cet homme qui m'avait chassée comme une moins que rien, une haine qui allait s'accroître aux fils des années.

Mathilde se tut, revivant sans doute cette période terrible durant laquelle elle s'était retrouvée seule, perdue dans cette grande ville.

« Heureusement que Rose qui avait compris ma détresse, me permit de rester plus longtemps dans cette chambre. Je partais le matin alors que tout le monde dormait. La cuisinière m'offrait un petit dé-jeuner copieux et me préparait un sandwich ; ces deux personnes avaient décidé de m'aider. Grâce à leur gentillesse, je finis par trouver une chambre mansardée, sous le toit d'un vieil immeuble. Il n'y avait ni chauffage, ni eau courante. Les toilettes se trouvaient sur le palier ainsi qu'un point d'eau. Le mobilier était sommaire un lit, une petite table, deux chaises. Un décor à la Zola, miséreux et triste avec sur la commode une cuvette et un broc en faïence ébréchée. C'était l'hiver et il fut particuliè-rement rude cette année-là. Je consacrai un peu de mon argent à l'achat de draps, d'une couverture, de quelques ustensiles de cuisine et un peu de vais-selle mais aussi un petit chauffage à pétrole qui n'arrivait à donner qu'un peu de chaleur dans cette mansarde. Et l'odeur ! A vous soulever le cœur. Je ne l'allumais pas souvent. C'est là que j'ai passé toute ma grossesse, peinant pour monter mon gros ventre jusqu'au 7ème étage. Quel supplice mais ce ne fut pas cela le plus terrible. »

De nouveau elle cessa son récit. Son visage se fer-ma. Elle fixait Sarah comme pour chercher une

aide, un soutien, un réconfort, la force de poursuivre. Sarah lui proposa de faire une pause. Non
pas d'arrêt dans son histoire. Il lui fallait continuer
au risque de ne plus pouvoir raconter après le silence. Ses yeux se remplirent de larmes.

« Le père de mon enfant avait promis de m'aider
en m'envoyant de l'argent chaque mois. Ce qu'il fit
avec régularité les trois premiers mois et puis plus
rien. Les versements cessèrent. J'avais trouvé un
travail dans une blanchisserie où je faisais le repassage, ce qui me permettait de payer le loyer et ma
nourriture. Dans mon état, c'était pénible. Toujours debout, sans beaucoup bouger, mes jambes
me faisaient souffrir. Le soir pour regagner ma
chambre, je devais monter toutes ces marches, un
vrai supplice. J'avais froid, je ne mangeais guère,
souvent trop épuisée pour trouver le courage de
faire chauffer un bol de soupe. Et toutes ces questions qui me hantaient m'empêchant souvent de
dormir. Comment ferai-je lorsque le bébé serait
né ? Travailler et m'occuper de lui ? Quelle vie allais-je pouvoir lui offrir ? Une vie de misère, de privation, une vie sans avenir ? Je devais trouver une
solution et de plus en plus l'idée d'abandonner cet
enfant à la naissance me semblait la meilleure déci-

sion à prendre. J'en parlai à la sage-femme de l'hôpital où je devais accoucher.

Elle m'expliqua ce que cet acte avait de définitif pour l'enfant et moi, que je devais bien réfléchir, envisager une autre possibilité. Pourquoi ne pas le confier à une nourrice en campagne ? Cette solution aurait pu être la meilleure mais je ne pouvais pas payer pour ça. Alors le moment venu, j'ai accouché sous X. Je n'ai pas vu mon bébé qui m'a été enlevé aussitôt. Je l'ai juste entendu crier, on m'a dit que c'était un garçon et que la seule chose que je pouvais faire pour lui, c'était lui offrir son prénom. Je l'ai appelé Nolan. Et il est sorti à jamais de ma vie, son premier cri résonnant pour toujours dans ma tête. Parfois la nuit il m'est arrivé de me réveiller en sursaut, croyant l'entendre pleurer. »

Elle sanglotaitt maintenant en silence, revivant la terrible douleur ressentie en abandonnant son enfant. Une déchirure au cœur, une plaie qui ne se refermerait jamais. Et cette haine envers cet homme, une haine qui grandira au fil du temps.

-- Nous allons en rester là pour aujourd'hui. Vous êtes fatiguée. Nous reprendrons demain, si vous vous en sentez capable.

-- Oui, répondit-elle, demain je vous raconterai la suite. Je veux en finir, tout vous dire et enfin trouver la paix.

Un gendarme l'aida à se lever, la conduisit en voiture jusqu'à la prison où une surveillante la prit en charge pour la mener à sa cellule.

Dans la salle d'interrogatoire, plus aucun bruit, plus un mot, chacun des participants réagissant avec son émotivité personnelle au récit qu'il venait d'entendre. Devant l'écran télé, Nathan était lui aussi profondément ému.

Sarah rompit le silence

-- Je crois que je commence à comprendre ce qui a conduit Mathilde à commettre ses premiers meurtres. Par contre pour les seconds je n'arrive pas à expliquer son geste d'autant plus qu'elle semblait bien les aimer. Attendons demain. Capitaine, je vous remercie. Vous pouvez loger à la caserne cette nuit si vous le souhaitez.

-- Volontiers, Lieutenant. Je vais poser mon sac dans la chambre que vous m'offrez.

-- C'est normal. Voulez-vous dîner avec nous ? proposa-t-elle. Ils avaient, à la brigade, instauré un service comme chez les pompiers, préparant les repas à tour de rôle.

-- Non, je vous remercie mais Nathan m'a convié au restaurant. Par contre je serai présent pour le petit déjeuner.

-- Alors à demain. Bonne soirée à vous !

* * * *

Sarah avait demandé que Mathilde soit ramenée à la caserne vers 10h afin qu'elle puisse se reposer plus longtemps. La gouvernante avait beaucoup vieilli et se fatiguait rapidement. Son cœur était en mauvais état et il fallait être vigilante à ne pas trop la stresser. Elle arriva escortée par la gardienne qui s'occupait d'elle à la maison d'arrêt.

-- Bonjour Mathilde, dit le lieutenant. Comment allez-vous ce matin ? Avez-vous passé une bonne nuit ?

-- Je suis fatiguée et ma nuit a été très agitée. Tous ces souvenirs douloureux qui remontent. J'aimerais en finir si vous le voulez bien.

-- Bien sûr. Nous vous écoutons.

Mathilde les regarda les uns après les autres et lut sur leurs visages et dans leurs yeux de la compassion. Elle se sentit comprise, la logique de ses gestes ne changeant rien à sa culpabilité.

« J'ai donc accouché sous X mais sur les conseils d'une assistance sociale très humaine et à l'écoute, j'ai rédigé une lettre à l'attention de mon fils. Je lui expliquais pourquoi j'étais forcée, pour son bien-être et son avenir de me séparer de lui, qui était son père, la façon dont il m'avait traitée. J'ai joint à cette lettre toutes les preuves de sa paternité : le mot de recommandation pour son ami parisien, les talons des mandats qu'il m'avait envoyés durant quelques mois. J'ai demandé que ce courrier lui soit remis le jour de ses vingt et un ans. Et ma vie a continué, pauvre et misérable. J'occupais toujours ma chambre sous les toits, je vivais dans cette grande ville sans famille, sans amis. Puis un jour j'ai fait la connaissance de ma gentille Mathilde. Toutes les semaines je venais chercher son linge et je le lui rapportais propre et repassé. Nous nous sommes liées d'amitié. Je lui rendais de menus services, je faisais les courses, parfois un peu de ménage mais surtout je lui tenais compagnie. Un matin, elle m'a proposé de venir vivre chez elle. Elle avait une chambre libre. Nous rassemblâmes nos deux solitudes. Je recommençais à croire en la vie malgré cette douleur jamais effacée. Mais le sort s'acharnait sur moi et ma douce Mathilde mourut. Vous connaissez la suite : comme nous nous res- semblions un peu et que la photo sur sa carte d'identité datait de plus de quinze ans personne n'a rien vu. Ainsi j'étais morte, morte et enterrée. J'ai vendu les meubles et tout ce qui pouvait l'être, j'ai démissionné de mon emploi de blanchisseuse et je suis partie.

-- Pourquoi être revenue dans votre village ? N'avez-vous pas craint que l'on vous reconnaisse ? demanda Sarah

-- La vie m'avait beaucoup changée, mes cheveux étaient grisonnants, mes yeux abrités derrière des lunettes. Je faisais beaucoup plus vieille que mon âge.

-- Quelle autre raison vous a ramenée ici, parce qu'il y a une raison précise ?

-- Pour connaître mon fils. Il aurait bientôt vingt et un ans et apprendrait qui était son père. Je me doutais qu'il se présenterait au Manoir. J'avais conservé une amie au village et durant toutes mes années d'exil, elle m'a tenue au courant de la vie au pays. C'est elle qui m'a appris la mort de mes pa- rents.

Les larmes coulaient, elle était secouée de sanglots.

-- Je n'ai même pas pu leur dire au revoir. C'est atroce d'imaginer ce qu'ils ont dû souffrir en pensant que je les avais abandonnés. Comment vouliez-vous que je ne haïsse pas cet homme sans cœur ?

-- En effet cela a dû être difficile pour vous.

-- Quand mon amie Valentine m'a dit que les parents de Constance cherchaient une employée qui serait au service de leur jeune fille, je me suis aussitôt présentée. La lettre de recommandation de mes patrons parisiens les a convaincus de m'embaucher. Constance se mariant plus tard avec le fils du Manoir, tout se mettait en place pour moi.

-- Que s'est-il passé pour que vous commettiez ces premiers meurtres ?

-- Paul-Louis et Constance passaient une semaine de vacances à Venise. Un matin alors que nous allions nous rendre en ville, un jeune homme s'est présenté au Manoir.

-- Je m'appelle Nolan Lenfant et je souhaiterais parler à monsieur Charles Edouard de Mérieux. Vous imaginez mon émotion en entendant ce prénom. Mon enfant, mon fils était là devant moi. Il était beau à mes yeux de maman même s'il était un peu enrobé, un peu débraillé, un peu négligé. Mais je n'ai vu que l'homme qu'il était devenu sans moi pour le guider dans la vie. Ma haine resurgissait terrible à me serrer le cœur dans un étau.

-- Et vous n'avez rien dit ?

-- Non, je voulais voir ce qui allait se passer. Nolan semblait déterminé et avait sorti une enveloppe de sa poche, enveloppe que je reconnus aussitôt.

-- Qu'est-il arrivé ensuite ?

-- Monsieur l'a reçu dans son bureau. Au bout d'un moment il a élevé la voix, entrant dans une rage terrible. Il a pris Nolan par le revers de sa veste, puis par le bras et l'a jeté dehors, lui jetant à la figure : « je ne veux plus vous voir tourner autour de ma famille dont vous ne ferez jamais partie, bâtard que vous êtes », le menaçant d'aller à la police si jamais il revenait les ennuyer avec son histoire

-- Et vous n'avez pas chercher à le rencontrer pour dire que vous étiez sa mère ?

-- Quand nous sommes sortis du Manoir, il avait disparu.

-- C'est ce jour-là que vous avez-tué Charles-Edouard et sa femme ?

-- Oui ! Durant tout le trajet, cet homme n'a pas cessé de marmonner « Mais pour qui il se prend cet avorton ! Si l'envie lui reprend devenir m'ennuyer, j'avertis les gendarmes ». Mon haine occupait mon esprit tout entier, je ne voyais plus que l'humiliation subie par mon enfant et la méchanceté de cet homme. Si je l'avais pu, je l'aurais étranglé là, dans la voiture. Il fallait que je venge ce qu'il venait de faire à Nolan, mon fils, son fils.

-- Comment avez-vous fait puisque vous dites avoir passé la nuit chez votre amie à cause de la neige qui tombait.

-- C'est tout simple. Je dormais au rez-de-chaussée. J'ai emprunté son vélo et profitant d'une accalmie, j'ai foncé au Manoir dont je possédais les clefs. Ils dormaient d'un sommeil calme comme si rien ne s'était passé. Alors de nouveau la haine m'a submergée. J'ai sorti mon revolver et j'ai tiré. D'abord lui puis elle qui s'était réveillée. Je les ai regardés baignant dans leur sang et je n'ai éprouvé aucun regret, aucune émotion. Peut-être même un sentiment de libération. J'ai refait le trajet en sens inverse et personne ne s'est aperçu de rien.

-- D'où tenez-vous cette arme ?

– Elle appartenait à mon père. Un souvenir de la guerre. Il m'avait appris à tirer et à l'entretenir. Il me l'a offerte pour mes vingt ans. Je l'ai toujours conservée avec moi.

-- Merci Mathilde de ces explications, dit le lieutenant mais je voudrais comprendre pourquoi avoir tué le fils et sa femme vingt-cinq ans après.

-- J'ai raconté la venue de ce soi-disant éditeur, prétendant être en panne devant la maison ?

-- Bien sûr. Nous l'avons même soupçonné d'être le meurtrier.

-- Là encore, c'est la haine qui m'a faite agir. La suffisance de Monsieur se vantant de vivre sans rien faire, juste avec l'argent que lui rapportaient ses fermages. Alors que mon petit avait travaillé sa vie durant pour une misère, qu'il galérait encore de petits boulots en petits boulots Je les ai tués comme pour les parents sans aucun regret et pourtant j'aimais bien Constance.

-- Et vous n'éprouvez aucun regret ? Vous avez assassiné quatre personnes et vous semblez vous en réjouir ? La voix de Sarah s'était soudain faite plus tranchante.

-- M'en réjouir ? dit Mathilde surprise par le changement de ton du lieutenant, non mais n'avoir aucun regret, ça oui.

-- Et pourquoi donc, s'impatienta le lieutenant.

-- Parce que ces personnes m'ont volé cinquante années de ma vie, m'ont contrainte à abandonner mon fils le privant de ma présence et de mon amour. Eux ont vécu dans la richesse et la facilité tandis que ...

Les gendarmes présents gardaient le silence, observant la vieille femme qui s'était recroquevillée sur son siège, revivant avec douleur cette vie qui fut la sienne. Ils en avaient entendu des histoires de vie difficiles, tragiques, désespérées, des vies conduisant les humains à commettre des actes terribles et définitifs. Là ils vivaient avec les aveux de Mathilde tous les obstacles possibles. Sarah sortit de la pièce suivie du capitaine. Ils rejoignirent Nathan.

-- Je commence à avoir du mal à la plaindre. Elle est machiavélique. Ces meurtres perpétrés de sang-froid, sans le moindre regret. Nous la ménageons trop.

-- Mais non. Nous avons obtenu ses aveux sans aucune menace. Elle ne nous a rien caché. Elle a ouvert son cœur et son âme. Croyez-moi, vous entendrez d'autres histoires encore plus horribles au cours de votre carrière, lui dit le capitaine. Allez, retournons et terminons cette confession, voulez-vous ? Elle va réintégrer la prison et sera condamnée malgré les circonstances atténuantes que pourrait évoquer son avocat.

Ils revinrent dans la salle d'interrogatoire. Cette fois, c'est le capitaine qui posa les questions.

-- Dites-nous, Mathilde, comment avez-vous pris contact avec votre fils ? Que s'est-il passé ?

-- Lorsqu'il est venu au Manoir voir Paul-Louis. Je me suis arrangée pour lui glisser un petit mot dans sa poche de veste en le raccompagnant. Je lui donnais rendez-vous dans le bois tout proche de la maison.

-- Et votre rencontre s'est bien passée ? C'était Sarah qui intervenait

-- Au-delà de mes espérances et de mes craintes. Il a été surpris par ma démarche, mon histoire et puis soudain il a craqué, m'a prise dans ses bras et nous nous sommes embrassés à n'en plus finir. Comment c'était bon de le sentir contre moi, de respirer son odeur, de caresser ses cheveux. C'était magique.

-- Est-ce la seule fois où vous l'avez revu ?

-- Non, nous avions pris l'habitude de nous retrouver toutes les semaines. Il me racontait sa vie sans avenir, sa solitude.

-- Qu'avez-vous fait pour l'aider ?

-- Je lui ai donné de l'argent. J'en avais plus qu'il ne m'en fallait.

-- Comment pouviez-vous avoir autant d'argent ?

-- Comme employée je percevais un salaire très correct et j'avais peu de dépenses. Lorsque j'ai pris ma retraite, la pension versée était aussi très confortable. Vivant au Manoir et considérée comme de la famille, je n'avais aucun besoin particulier. Je ne sortais pratiquement jamais, je plaçais tous les mois la plus grande partie de mon salaire, puis de ma pension sur un compte épargne. Je savais au fond de moi que mon fils en profiterait.

-- Qu'a-t-il fait de cet argent ?

-- Je lui ai demandé de prendre un appartement situé dans un quartier calme de la capitale et de se laisser vivre enfin sans souci du lendemain. Je me devais d'effacer ses cinquante années de galère.

-- Avez-vous continué à vous voir ?

-- Pour l'instant non. Je ne voulais pas qu'il vienne à la maison de retraite. Mais nous nous téléphonons tous les jours. C'est un garçon affectueux et attentionné. Il a trouvé un petit travail et semble en être très content.

-- Savez-vous où il exerce son métier ?

-- Pas vraiment mais il me paraît épanoui.

-- Nous allons le convoquer....

-- Pourquoi ? Il n'a rien à se reprocher, s'écria Mathilde effrayée. Ne lui cherchez pas d'ennui, il a assez souffert comme ça.

-- Désolée mais il nous faudra le faire. Juste pour confirmer vos dires. Soyez sans crainte, il ne sera pas inquiété.

-- Mon pauvre petit.

La vieille dame semblait épuisée. Le capitaine et Sarah se regardèrent. Il était temps de terminer l'interrogatoire. Ils avaient tout ce dont ils avaient besoin pour conclure ces deux affaires. La gardienne accompagnée d'un gendarme reconduisit Mathilde à la prison. C'était maintenant au juge d'instruction d'entrer en scène.

18*

Le ciel gris et sombre déversait tristement toutes les larmes de ses nuages sur Quimper. Au tribunal, le juge Aymeric de Montbuisson, terminait la lecture d'un énorme dossier contenant toutes les pièces de deux affaires de meurtres enfin élucidées. Dans le couloir face à la porte du bureau, le lieutenant Sarah Morvan et le capitaine Gaël Le Floch, en uniforme, attendaient patiemment que le magistrat les reçoive.

-- Il fait un temps à ne pas mettre un gendarme dehors, soupira le capitaine.

-- Vous avez raison. Un bon feu de cheminée, un bon livre et une bonne bouteille, le rêve.

-- Je vous avoue qu'après la résolution de cette affaire, un repos sera le bienvenu. Je vais enfin pouvoir profiter pleinement de ma retraite sans penser sans cesse à ces affaires non résolues.

-- Il est vrai que ce furent de durs moments à passer. Mais finalement nous avons dénoué tous les fils et permis l'arrestation du meurtrier, plutôt de la meurtrière. Qui aurait pu imaginer que ce soit-elle ?

-- Et quelle comédienne ! Quand je me souviens de cette pauvre gouvernante totalement affolée, gémissant au pied de l'escalier, se balançant comme plongée dans la folie après avoir découvert les corps de se employeurs, je me dis qu'elle devait rire intérieurement de notre myopie.

-- Ce qui me fascine aussi, c'est qu'elle ait pu vivre tant d'années avec cette haine chevillée au cœur et cette souffrance de ne pas connaître son fils.

-- Sa rage de se venger a dû grandir au fil des ans. Lorsque j'ai écouté ses aveux, j'ai pensé qu'elle ne voulait pas les tuer, que seule la réaction de Charles-Edouard de Mérieux jetant son fils hors de la maison comme un malpropre, l'a poussée à le faire.

-- Je suis de votre avis. Bon nous voilà à refaire le film. Décidément ces affaires nous laisseront un souvenir impérissable.

Des bruits de pas au bout du couloir leur firent tourner la tête. Une vieille femme, accompagnée d'une gardienne de prison et d'un gendarme, arrivait. Recroquevillée sur son siège, elle était dans un fauteuil roulant. Une jeune femme portant la robe noire des avocats, l'accompagnait aussi.

Elle eut un sourire triste en voyant Sarah et le capitaine.

-- Vous êtes là vous aussi, dit-elle d'une voix tremblante.

-- Bonjour, Mathilde. Comment allez-vous, demanda le capitaine

-- Ma santé n'est pas des meilleures. C'est surtout mon cœur qui donne des signes de fatigue mais à mon âge, c'est bien normal. Je vous présente Maître Nathalie Richard, mon avocate.

-- Lieutenant, capitaine, dit cette dernière en leur tendant la main.

-- Vous vous êtes décidée à prendre quelqu'un pour vous défendre ? demanda Sarah après avoir salué la jeune femme.

-- Non, c'est mon fils qui lui a demandé de me représenter. Je trouve ça un peu inutile mais il a insisté. Sans doute nous voyons-nous pour la dernière fois.

-- Nous nous reverrons aussi au procès, dit le capitaine.

Mathilde soupira. - si je tiens jusque-là !

-- J'ai hâte d'en finir, de purger ma peine et de ne plus penser à autre chose qu'à mon fils. Je sais que je ne ressortirai jamais de prison mais ses visites me font du bien. Nous nous apprenons l'un l'autre. Que de temps perdu.

Elle se tut et le silence se fit.

La porte du bureau du juge s'ouvrit et sa greffière pria les deux gendarmes de rentrer.

Le magistrat les accueillit avec un grand sourire et vint vers eux mains tendues.

-- Lieutenant, capitaine, dit-il. Je suis heureux de vous rencontrer. Vous avez fait de l'excellent travail, je tenais à vous en féliciter. Asseyez-vous. D'un geste de la main, il leur désignait les fauteuils placés devant sa table de travail. Je viens de relire ces dossiers et je suis effaré par cette histoire. Cette femme a un caractère en acier. Garder le secret des premiers meurtres pendant vingt-cinq puis commettre les mêmes sans aucun regret, je n'ai jamais traité d'affaire semblable durant toute ma carrière.

Âgé d'une soixante années, Aymeric de Montbuisson prendrait sa retraite dans les semaines à venir.

-- Terminer toute une vie professionnelle sur un tel dossier est vraiment un cadeau.

-- C'est aussi ce que j'ai pensé. J'admets que ces énigmes inexpliquées ont perturbé mes premiers mois de retraite. Cette impression que j'avais d'être passé à côté d'un détail, d'un mot, était assez frustrante. Il faut aussi reconnaître que Nathan Moal, le généalogiste, nous a apporté une aide précieuse et efficace.

-- En effet, j'ai lu ça dans vos rapports. Bon revenons-en à notre meurtrière. Elle a fait des aveux complets sans contrainte.

-- Tout à fait. Ça a été plus une confession qu'un interrogatoire. Au début, explique le capitaine, elle s'était enfermée dans le silence. Le lieutenant a su trouver les mots et le ton qui convenaient.

-- Je pense aussi, dit Sarah, que la lassitude et le poids de ses actes ont fait qu'elle a éprouvé le besoin de se libérer.

-- Quoi qu'il en soit, vous avez rondement mené cette enquête à la satisfaction de chacun. Il ne me reste plus qu'à m'entretenir avec la prévenue et lui signifier son incarcération en attendant le procès.

Vous pouvez vous retirer. Je pense que vous assisterez au procès ?

-- Sans aucun doute. Mes respects, Monsieur Le Juge, le capitaine Le Floch prenait congé du magistrat.

-- Au revoir lieutenant, capitaine ! Puis se tournant vers sa greffière : Faites entrer Madame Mathilde Bailleux, voulez-vous ?

A son tour le lieutenant Morvan prit congé et se dirigea vers la porte qui s'ouvrit sur Mathilde. Ils s'arrêtèrent pour la laisser passer, la saluant d'un signe de tête. Elle leur répondit par un triste sourire, de la résignation au fond des yeux.

-- Merci à vous deux d'avoir su m'écouter sans brutalité ou mépris.

Les gendarmes partis, Aymeric de Montbuisson s'entretint avec Mathilde et son avocate. Elle ne fit aucune difficulté pour parler. A la fin de l'entretien, il lui signifia sa mise en détention jusqu'à son procès, celui-ci devant se tenir au début de l'année 2020 et son retour en prison. Mathilde accepta sans se plaindre.

-- C'est le juste retour des choses. J'ai commis des actes terribles en ôtant la vie à ces quatre personnes qui m'ont volé cinquante années de la mienne.

* * * *

Dans la voiture qui les ramenait à St Renan, les deux gendarmes ne disaient mot, repassant dans leur tête le scénario de cette histoire. Enfin Gaël Le Floch rompit le silence et demanda :

-- Au fait, nous avons beaucoup parlé de Mathilde mais qu'en est-il de notre écrivain-usurpateur ? Avez-vous eu des nouvelles ?

-- J'ai appris par le procureur qu'il avait été convoqué au tribunal de grande instance.

-- A-t-il été condamné ?

-- Pas de peine de prison. Juste six mois de TIG dans une association caritative. Plus dure par contre la décision de son éditeur qui a retiré le livre de la vente, ne lui paiera pas les droits d'auteur et demande le remboursement de ceux déjà perçus.

-- Ah, oui ! Très dure la sentence.

-- Pour le manuscrit, compte tenu de son succès et avec l'accord de l'unique héritier des de Mérieux, il sera republié, à titre posthume, avec le nom de son véritable auteur. Les royalties seront toutes reversées au profit de différentes associations qui s'emploient à améliorer la vie des enfants malades dans les hôpitaux.

-- Bravo ! Belle initiative.

Ils arrivaient à la Pointe d'Arcouest.

-- C'est ici que nos chemins vont prendre des directions différentes, dit le capitaine. J'ai aimé travailler avec vous sur cette enquête. Vous avez conduit les interrogatoires avec fermeté et humanité. N'oubliez jamais cela. Je vous souhaite bon vent.

-- Pour moi également cela a été un grand plaisir mais aussi un honneur de collaborer avec vous. Profitez maintenant de votre retraite sur cette belle île. Savourez la douceur de vivre sans plus vous soucier de rien d'autre.

Ils échangèrent une amicale accolade et la navette s'éloigna. Sarah la regarda disparaître, le capitaine agitant la main dans sa direction.

Elle rentra à la brigade, rassembla tous les éléments des dossiers de Mérieux, plaça le tout dans un seul carton, sur le couvercle duquel elle inscrivit

AFFAIRES de MERIEUX

Novembre 1994

Novembre 2019

Résolues

* * * *

EPILOGUE

Brest - Prison pour femmes – Novembre 2019

Dans le ciel, le jour chasse lentement la nuit lorsque Mathilde raccroche le combiné du téléphone. Un merveilleux sourire illumine son visage et un soupir de satisfaction gonfle sa poitrine. Elle regagne sa cellule parfaitement rangée et propre, s'allonge sur son lit et, enfin apaisée, s'endort pour son éternité.

Au même moment, au Manoir de Lanrivoaré

Il fait froid en ce matin de novembre 2019. La neige, tombée en abondance durant toute la nuit, recouvre le sol d'un manteau immaculé. Les bruits sont assourdis, feutrés par cette atmosphère cotonneuse. Le gris du ciel promet d'autres flocons pour les heures à venir.

Une 205 fatiguée se gare devant le portail. Au volant, le conducteur referme son portable sur une dernière phrase - « J'y suis, maman ! Nous avons gagné. » - et sort du véhicule.

C'est un petit homme rondouillard, un peu rougeaud, boudiné dans un costume violine. Ses cheveux qui semblent ne pas avoir vu de coiffeur depuis longtemps, se rebellent en épis mal coiffés. Posée sur ses épaules, une veste en mouton retourné quelque peu élimée. Il pousse un battant de la grille et s'avance dans l'allée. Un sourire vengeur étire les coins de sa bouche. Il contemple le Manoir.

Dans la poche intérieure de sa veste, il a placé une lettre en provenance du palais de justice de Brest. Dans une lettre adressée à Nolan Lenfant, le juge en charge de sa requête vient de lui répondre la chose suivante :

« Monsieur,

Suite à votre demande de faire valoir vos droits à la succession des époux de Mérieux, je vous informe que compte tenu des éléments en notre possession, le tribunal dans sa cession du mois de novembre 2019, vous a reconnu comme seul héritier vivant. Vous pouvez également si vous le souhaitez prendre le nom de votre mère ou celui de votre père.

Vous devrez vous mettre en rapport avec Me. Le-quellec pour la suite de ce dossier...Etc., etc. »

Il y a cinquante ans sa mère quittait le Manoir, chassée par celui qui l'avait mise enceinte. Elle s'était alors promis d'y revenir en maîtresse des lieux.

C'est son fils qui accomplissait cette promesse.

Brest, appartement de Nathan

Tendrement enlacés, Nathan et Solenn regardent la neige tomber lentement. Les flocons voltigent et dansent en un ballet ininterrompu. Le jeune homme lui confie qu'il aimerait faire un livre de cette enquête extraordinaire à laquelle il a partici-pé par pur hasard et qu'il a aidée à résoudre

-- J'avais dit au capitaine Le Floch qu'elle ferait un récit tout à fait passionnant.

-- N'hésite pas, mon cœur ! Écris-le. Tu tiens là un roman policier avec tous les ingrédients qu'il faut. C'est aussi une histoire humaine et dure.

-- Tu m'aideras ? Tu seras mon coach ? Je t'avoue que l'aventure me tente.

-- Alors, fonce, chéri, fonce !

Ouest France. Édition du 23 Février 2020

C'est avec un grand plaisir que nous apprenons la sortie en librairie du livre de notre confrère, Nathan Moal,   livre tiré d'une histoire vraie

« Le Manuscrit assassiné »

Félicitations à Nathan et bonne route à son roman.

* * * *

« Un crime peut être une œuvre d'art
et un détective un artiste. »

Agatha Christie

Remerciements

A toi, Gérard Bourguignat, auteur, qui me pousse toujours plus loin. Merci, ami, pour ton aide sans faille et tes précieux conseils.

* * * *

Merci à mon cousin Paul Rodriguez (au Canada) pour la conception de cette belle couverture.

* * * *

Du même auteur
Aux Éditions Stellamaris (1)

Romans
La boîte à sucre
Le secret de Constance
Une petite ville si tranquille
La bête est morte

Témoignages
Ce crabe qui en pince pour moi
Briser le silence
Aux marches du passé

Récits – Nouvelles
Trois femmes
La voyeuse
Recueils de poésies
Juste quelques mots d'amour
Émotions

Promenade

À cloche cœur

Oeuvres pour la jeunesse

Shona, femme chamane

La petite fille aux coquelicots

Chloé et ses amis

(1) En vente sur le site de l'éditeur ou sur Amazon.fr

En vente exclusivement sur Amazon

Recueils de poésies

Fouka, souvenirs et regrets

Livres pour les plus jeunes

Les histoires de Mamie

5 Tomes

- Miracle à Noël
- Valentin et l'ours magicien
- Qui a volé la sacoche de Casimir Timbre-poste ?
- Les aventures de Chloé
- Nina au pays du Père Noël

Achevé à Marignane le 23 Février 2020